W9-BAS-174

LA MUJER INFINITA

LA MUJER INFINITA

José Ignacio Valenzuela

LA MUJER INFINITA

Santillana Ediciones Generales, SA de CV
Av. Universidad v, col. de Valle
CP 03100, teléfono 54 20 75 30
www.sumadeletras.com.mx

Diseño de cubierta: Víctor Ortiz Pelayo
Formación: Fernando Ruiz Zaragoza
Lectura de pruebas: Jorge Betanzos Montesinos
Cuidado de la edición: Jorge Solís Arenazas

Primera edición: marzo de 2010

ISBN: 978-607-11-0473-1

Impreso en México

Para Leonor Varela,
por el enorme regalo de su corazón.

Tina Modotti, hermana, no duermes, no, no duermes,
tal vez tu corazón oye crecer la rosa
de ayer, la última rosa de ayer, la nueva rosa.
Descalza dulcemente, hermana.
La nueva rosa es tuya, la nueva tierra es tuya:
te has puesto un nuevo traje de semilla profunda
y tu suave silencio se llena de raíces.
No dormirás en vano, hermana.

PABLO NERUDA

Si cada ser viviente es diferente de todos los demás seres vivos,
entonces la diversidad es el único hecho irrefutable de la vida.

ALFRED C. KINSEY

Son casi las tres de la madrugada cuando se levanta con un enjambre de palabras alborotando frente a los ojos, entre los dedos. A tropezones, aún medio dormido, sale hacia el pasillo y entra a su estudio. Con un ligero empujoncito al mouse de la computadora enciende el monitor, que también parece despertar con un bostezo. No quiere moverse mucho, para que las palabras que lo persiguen no huyan lejos, como ha estado sucediendo en el último tiempo. Posa sus dedos sobre algunas teclas. Y comienza:

> Quién sabe por qué, pero la luz presenta una naturaleza compleja: depende de cómo la observemos se nos revelará como una onda o una partícula. Quién sabe. Ella no entiende de esos asuntos. Lo de ella es otra cosa. El descubrimiento de la magia de la luz estará por siempre atado a un recuerdo de infancia, uno que habla de luciérnagas revoloteando en un matorral nocturno, aún caliente después de tantas horas de verano. Un recuerdo oscuro pero salpicado de parpadeos amarillos. Decenas de pequeños fulgores que de tan continuos se convierten finalmente en persistencia, en trazos que ya no se apagan,

que orbitan en torno al ramaje que se dibuja apenas a esa hora de la noche. Le bastó esa imagen para interrumpir el juego, para olvidarse de sus primos que venían tras ella, alborotando, insistiendo que retomara las correrías a campo traviesa. Pero no. *Assuntina, Assuntina, dove ti trovi?* No fue capaz de respirar. No fue capaz de mover un pie. No lo supo en ese momento, claro, pero años después comprendió que la mente funciona como la más precisa de las cámaras fotográficas. Que bastaba con sentir el impacto de la belleza en las retinas para que el obturador de la cabeza se disparara sin aviso, registrando así ese prodigio hecho de luz y sombra. Sí, la vida entera se juega en un simple parpadeo. No es más que eso. Aunque ahora, tantos años después, digan que sus fotos son un documento social y que expresan lo que todos sienten. Quién sabe. Lo de ella es otra cosa. Lo de ella siempre ha sido ver el mundo entero como un matorral que arde de luciérnagas. Y si está aquí, en estos tiempos revueltos, es para usar los ojos y fijar en sus retinas todo aquello que nace del vientre de la tierra. Hay que dejar constancia. Ser alguien. Todo puede ser hermoso, lo feo no hace falta, no, en lo más mínimo. Ay, Tina. El dolor es que a veces dos ojos no bastan. Y tu gran tragedia es que, con toda seguridad, una vida entera no será suficiente para tanta pasión contenida en un cuerpo tan pequeño.

Pablo Cárdenas no necesitó girar la cabeza para saber que ahí, tras él, en algún rincón de ese estudio de amplios ventanales, estaba ella —ella misma— soplándole al oído las palabras.

PRIMER ENCUADRE

UNO

TODA FOTO ES UNA FORMA

Las cosas no están funcionando para Pablo Cárdenas en lo más mínimo. Su intención de sentarse a escribir un guión de cine ha sido un fracaso. Guión por el cual incluso ya recibió un adelanto. Un *jugoso* adelanto, como se ha encargado de recordarle su agente los últimos dos meses, convencida de que ésa es una eficaz maniobra de presión para obligarlo a empezar, de una buena vez, la tarea de escribir las noventa páginas que prometió entregar lo más pronto posible. Hay productores esperando. Un director que quiere entrar al *set*. Leslie llama siempre por la noche, cuando Pablo ha renunciado ya a la idea de seguir mirando el monitor de su laptop, torturándose con esa página en blanco que nunca se llena. Se supone que no existe mejor momento para un escritor que el comienzo de un proyecto. Ese minuto exacto en el que la historia pierde la virginidad con la irrupción de la primera letra que tiñe de negro lo que hasta un segundo atrás era el vacío. Pero no. No avanza. No puede. No ha podido. A pesar de su obsesiva intención de quedarse inmóvil frente al computador, han sido dos meses en vano. El teléfono suena y suena mientras él se acerca a la ventana y desde el noveno piso mira la enorme extensión del Pedregal atravesado por el tajo luminoso y siempre congestionado de Periférico. Pablo no contesta, sabiendo que Tom anda por ahí. Siempre anda por ahí. Y Tom levanta el auricular. Pablo piensa que es lo mejor, que se entiendan en inglés entre ellos. A ver qué mentira cuenta su novio para justificar que él, una vez más, no se pondrá al teléfono para explicar que hoy tampoco pudo. Que hoy, al igual que ayer, y antes de ayer, no fue capaz. *No, darling, Pablo is still working at his office. Sure, love, you know him, he's going to finish the script by the end of the year. You know him. He's the best.* Pero incluso Tom ha empezado a dudar de su propia mentira, porque Pablo no da muestras de saber cómo empezar.

El año 2001 está a punto de estrenar agosto en Ciudad de México.

—No me interesa escribir de una fotógrafa de los años veinte. No me interesa en lo más mínimo ese personaje —fue lo que dijo hace ya casi un año, en su último viaje a Los Ángeles, cuando se reunió con Leslie Aragón en su oficina.

La mujer le explicó que Tina Modotti no era cualquier personaje. Si Edward Weston era el padre de la fotografía moderna, Tina Modotti era la madre. Puro cliché, pensó Pablo, lo tiene que haber visto en internet. La noche anterior él había hecho el ejercicio de buscar información en Google: 166 mil enlaces salieron a su encuentro en menos de un segundo, gritándole su ignorancia con respecto a la Modotti. Pero a Pablo le dio exactamente lo mismo: su tendencia natural a desconfiar de los gestores de los grandes movimientos culturales despertó en él un instantáneo sentido de alerta. No hago publicidad, Leslie. Y menos a gente que supuestamente tengo que encontrar interesante a priori, porque sí, por el simple hecho de que tuvieron una vida tormentosa. Yo invento. Y a Assunta Adelaide Luigia Modotti la inventó otro, no yo. Nacida en 1896, en Udine, Italia. Muerta el 5 de enero de 1942, en la Ciudad de México. Fotógrafa de profesión. Wikipedia puede ser un gran aliado, ¿no, Leslie? Datos. Sólo datos inútiles. La simple biografía de alguien no sirve para convertirlo en personaje. Hace falta más. Se necesita un soplo divino. Pablo sintió la mirada de Tom cargada de reproche, como si pudiera leerle los pensamientos. Estoy siendo cínico, lo sé. Y, como siempre, no pensaba pedir disculpas por eso. La verdad era que en ese momento Pablo se sentía más atraído por la idea de lanzarse por fin a escribir esa comedia romántica que tenía en mente hace años, sobre una editora de una revista muy exitosa, que tiene que elegir entre dos hombres: uno es el amor de su vida —que para su desgracia tiene leucemia— y el otro un ex novio que regresa del pasado para convencerla de rehacer su compromiso matrimonial. Una idea clásica, simple, pero efectiva. *If it works, use it*, le enseñaron en su último taller. Y él, obediente, quería ponerlo en práctica. En sus planes no estaba la posibilidad de tener que pasarse un año entero investigando sobre una italiana por la que, honestamente, no sentía la más mínima empatía.

—¿Y por qué yo? —preguntó Pablo, convirtiendo en dardos azules sus ojos desconfiados.

—Porque eres tan obsesivo como Tina. Y porque tu carrera lo necesita. *This will be your breakthrough* —contestó ella—. ¿O pretendes quedarte toda la vida encerrado en tu departamento mirando el mundo a través de las ventanas?

Tom, que nunca se perdía la posibilidad de entrar con él a sus reuniones, agregó que tenía en casa un buen número de libros sobre la Modotti. Pablo se sorprendió. No lo sabía. Una nueva sorpresa que le daba su novio. Por lo visto iba a tener que dedicar más tiempo a revisar de vez en cuando la biblioteca que Tom improvisó en la habitación de servicio al mudar sus cosas al departamento. La agente se alegró:

—*That's fantastic!* Si Tom te ayuda con la investigación, vas a poder avanzar mucho más rápido en…

—Tom está demasiado ocupado con sus propios proyectos —la interrumpió Pablo, sabiendo que cada una de sus palabras era mentira. Y luego volviéndose hacia su novio, agregó—: Gracias, pero esto prefiero resolverlo solo.

Sin embargo, no fue capaz de hacerlo. A las pocas semanas Leslie contraatacó con una oferta que Pablo no pudo rechazar. Había encontrado un productor italiano, afincado en Estados Unidos, que llevaba años tratando de levantar un proyecto sobre Tina Modotti. También se había puesto en contacto con Frank Crow, el manager de Eva O'Ryan, una actriz que ya tenía un par de éxitos en Hollywood y que se adivinaba a todas luces como *the next best thing*. Tom se emocionó tanto con la simple posibilidad de conocer en persona a Eva, que a las pocas horas ya había dejado sobre la mesa del comedor varios libros a los que Pablo no pudo hacerles el quite: *Tina Modotti, fotógrafa y revolucionara,* de Margareth Hooks; *Modotti: photographs*; *Tina Modotti & Edward Weston, The Mexico Years*; *Tinísima,* de Elena Poniatowska. Esto es una trampa, reflexionó Pablo viendo los volúmenes mientras sostenía el teléfono y escuchaba a su agente repetir y repetir la cifra que pensaban darle como adelanto. Esto es una trampa de la que no voy a saber salir. Es imposible escribir de algo que no nace de las propias vísceras. ¿Cómo convenzo a mi musa de que me ayude en esta empresa?

Firmar el contrato fue un simple trámite que Tom celebró con entusiasmo en una velada de sushi y champaña.

Se juntaron algunos amigos en el departamento, Pablo habló sin mucho interés de su nuevo proyecto y todos aplaudieron cuando Tom no pudo contenerse y anunció que la protagonista de la película sería con toda seguridad Eva O'Ryan.

—Leí que tuvo un romance con George Clonney —agregó en un susurro que olía a chisme y celos—. *Bitch!*

A veces Pablo sentía envidia del entusiasmo simple de su novio. Era capaz de alegrarse del mismo modo por la noticia de un importante premio que le habían concedido, como por un cuento con final feliz que le confiaba la vecina. A lo mejor por eso no es un buen fotógrafo, reflexionó, y de inmediato se sintió culpable de estar pensando eso de Tom. Su querido Tom. Pero era cierto. No tenía parámetro alguno para calificar las emociones: todas valían y pesaban lo mismo. Y eso provocaba que sus fotos tuvieran un registro neutro y uniforme, así se tratara de un evento social, un desnudo artístico o un acierto periodístico. Pero, claro, eso era algo que Pablo nunca le iba a confesar.

Esa noche, con Tom en la cocina ordenando los restos de la cena, Pablo se echó en la cama con *Tinísima* entre las manos. Tenía la costumbre de hojear siempre las últimas páginas, adelantándose así a la posibilidad de que la historia acabara mal y ya hubiera perdido tiempo valioso en algo que no estaba destinado a llegar a buen puerto. Comprobó que cada capítulo del libro se abría con una fotografía de la Modotti, o de alguien cercano a ella. La portada era un retrato de Tina, inmortalizada por el mismísimo Edward Weston: un primer plano de su rostro en blanco y negro. Así que ésta es la mujer que coleccionaba amantes en los distintos países donde vivía. Por un instante estuvo a punto de naufragar en su decisión de comenzar a leer:

las casi setecientas páginas le pesaron como una mala noticia en las manos. Sin embargo, simuló interés en el libro cuando vio de reojo aparecer a Tom en el umbral. Su novio se detuvo en silencio y sonrió al verlo dar vuelta una página con fingido entusiasmo. Lo acabo de hacer inmensamente feliz, se dijo Pablo. Podía jurar que en ese preciso momento Tom estaba convencido de que una pequeña bola de nieve ya iba pendiente abajo y era imposible detenerla. Lo vio retroceder en silencio y salir al pasillo, dispuesto a dejarlo solo para que siguiera adelante en su lectura. A pesar de que probablemente estaba cansado y quería echarse a dormir, su novio contribuía al éxito del proyecto con un pequeño sacrificio. Eso es lo que hace la gente enamorada, pensó Pablo mientras regresaba a la primera página del libro.

Esa noche, Pablo Cárdenas no durmió. A la altura de la página trescientos cincuenta, seguía preguntándose quién era realmente Tina Modotti, y por qué la vida lo obligaba a salir a su encuentro. ¿Por dónde empezar a escribir?

1. EXT. CALLE. NOCHE.

La calle está desierta. El sonido de pisadas, algunas risitas amorosas, y una infinita sombra en el suelo anticipan la aparición de TINA MODOTTI (en la mitad de sus treinta años) y JULIO ANTONIO MELLA (veinticuatro años) que vienen caminando rápido, trenzados en un abrazo bastante excitado. Está oscuro. La pareja se detiene, se besan con urgencia. Se comen las bocas.

SOBRE IMPRIME: México, 10 de enero 1929

Un automóvil pasa y da vueltas en una esquina. JULIO se detiene, alerta, protege en forma instintiva a TINA con su cuerpo. Luego mira en todas las direcciones. TINA lo empuja hacia un costado, angustiada y sobrepasada.

TINA

¡No puedo vivir así, Julio! Es horroroso.

JULIO

No. No lo es. Es emocionante. Es bello.

TINA

¡Que te maten no tiene nada de bello!

JULIO

Todo puede ser hermoso, Tina.

TINA

¿Quién te dijo esa mentira?

JULIO

Tú.

TINA

Haces mal en creerme. ¡Ni yo misma sé lo que digo...!

JULIO sonríe, divertido de ver a TINA así de asustada. TINA, vencida, se aferra con fuerza a JULIO. Él le toma las manos, le besa las palmas. TINA cierra los ojos, entregándose. JULIO la abraza, protector, pero no despega su mirada de la calle oscura.

CORTE A:

Eva O'Ryan levanta la vista de la página del guión porque cree haber escuchado la voz de Willy. Deja a mitad de camino el impulso de levantarse de la silla y atravesar la terraza para salir a su encuentro, y decide esperar ahí. Agudiza el oído, pero no escucha más que el roce despeinado de las palmeras que orillan su jardín, y el ruido del motor de la bomba de la piscina. Son las seis de la tarde, concluye. El motor de la bomba siempre se enciende a las seis en punto. Y su marido tendría que haber llegado hace ya más de una hora.

El otoño del año 2008 empieza a dejarse sentir en atardeceres amarillos en la costa de California.

Eva sabe que Frank Crow está esperando su respuesta. El manager le comentó que urgía saber su opinión sobre el guión lo antes posible. El escritor vivía en México y, si a ella le interesaba hacer el personaje central, habría que llevarlo lo antes posible a Los Ángeles para ponerlos en contacto y empezar a fijar el calendario de preproducción. Eva tenía contemplado comenzar su lectura el fin de semana, pero Willy había tenido que viajar a Boston y la realidad de quedarse sola en ese enorme caserón de Santa Mónica siempre desmoronaba cualquiera de sus planes. Lo único que podía hacer en esos casos era envolverse en alguna de sus mantas de angora, echarse en el *family room* —cada vez más solitario y menos familiar— y ver películas viejas en el enorme plasma de setenta y dos pulgadas. El guión que Crow le había enviado por UPS overnight descansó sobre su mesita de noche el viernes, el sábado, hasta que hoy domingo despertó alegre por la sensación inevitable de que Willy estaba a punto de llegar.

Al enfrentarse a la primera página, tuvo la impresión de que la historia se contaba en blanco y negro. Tal vez había sido la sobredosis de películas de los años cuarenta y cincuenta que vio durante el fin de semana, o que la obra fotográfica de Tina Modotti sólo necesitó de luces y sombras para existir. Quién sabe. Por un minuto se imaginó a sí misma en la pantalla del Teatro Chino, un monumental primer plano de su rostro pintado sólo por diferentes tonos de grises, y le gustó. Su manager había insistido tanto en que *éste* era el proyecto que ella necesitaba para llevar su carrera al siguiente nivel. *This will be your breakthrough*, fueron las palabras que utilizó. Le ofrecía en bandeja de plata una película de corte artístico, centrada en la poderosa figura de una mujer adelantada para sus tiempos, con la cuota justa de pasión carnal, uno que otro desnudo para lucir su buena figura y un trasfondo político y social que la Academia siempre valora tanto a la hora de repartir sus premios.

Recordó cuando a comienzos del año 2002 el Museo de Arte Moderno de San Francisco organizó una muestra de Tina Modotti. Coincidió que ella estaba en la ciudad, filmando una película. No era la protagonista, por lo que tenía muchos días libres y había decidido aprovecharlos para recorrer la ciudad. Desde la ventana de su hotel veía con toda claridad la peculiar claraboya del museo, esa especie de ojo arquitectónico que se eleva hacia el cielo siempre lleno de nubes. Apenas ingresó a la enorme y silenciosa sala, de altísimas paredes blancas y con un suelo tan limpio que invertía el techo bajo sus pies, se sintió atraída de inmediato por una presencia que no pudo esquivar. Ahí estaba ella: la fotógrafa fotografiada. Caminó despacio, casi en punta de pies, temerosa de que, de pronto, la figura que se hundía en las tinieblas abriera de golpe los ojos, despertando de su sueño de décadas. Tina Modotti inmortalizada por Edward Weston. Un rostro plácido, o quizá lleno de angustia, ocupaba por completo el marco. Las manos sobre el mentón, sosteniendo las mejillas y una boca de labios carnosos a punto de decir algo delicado, un secreto nunca antes compartido. El cabello abierto en dos aguas, separadas por una partidura amplia como un canal. Los párpados cerrados, la línea negra de las cejas pobladas, el lado izquierdo de la cara esfumado en lo que parecía ser el humo oscuro de la sombra de la luna. El acecho de una tragedia inminente. Eva se inclinó sobre una tarjeta que identificaba la fotografía:

> Edward Weston, *Portrait of Tina Modotti*, 1924
> *Modotti lived an intense short life —she died at age 46— with an intense, short art career sandwiched into her political activities. She took virtually all her photographs in a seven-year period between 1923 and 1930 and from then on devoted her energies entirely to political causes.*

Por un instante Eva tuvo la sensación de estarse mirando al espejo. Probablemente cuando el médico le había dado el diagnóstico, su rostro acusó la misma expresión de decantado dolor. Fue capaz de sentir ese viento frío que siempre sopla alrededor de una mala noticia. Su cuerpo entero se erizó con el agua gélida de la desesperanza a la hora de confirmarle lo que su intuición ya adivinaba: había algo malo dentro de ella. Algo no funcionaba como debía y eso le impedía engendrar vida. Siempre existía la eventualidad de la adopción, claro, pero a ella le parecieron excusas cargadas de lástima. Mirando ese retrato de Tina Modotti, en aquella sala blanca como un laboratorio clínico convertido en museo de arte, confirmó que la desgracia no necesita de los colores para existir y hacer daño.

Sin embargo, el centro de atención de la muestra era el retrato de Julio Antonio Mella. Presidía el muro de honor y un par de foquitos halógenos lo iluminaban desde ambos lados, separando las sombras y evitando que cualquier detalle ensuciara la visión. Eva contuvo la respiración al enfrentarse al modelo de la fotografía: un mulato de perfil perfecto, el ceño fruncido, cabello corto y peinado en ondas, los hombros acusando un relajo pasajero, un atleta que descansa entre salto y salto y que sabe que muy pronto tendrá que volver a desafiar a jueces y competidores. El caracol de la oreja como centro total de la imagen: un laberinto de pliegues y honduras en el cual Eva se perdió el resto de la tarde. Hasta que su celular sonó de improviso, lanzándola de bruces hacia el asistente del productor, al otro lado de la línea, que quería saber si ya había recibido el horario de las grabaciones por e-mail. Eva contestó apurada, *yes, yes, sure, see you tomorrow, Andrew.* Y volvió a Mella:

> Tina Modotti, *Portrait of Julio Antonio Mella*, 1928
> *At the time of his death, he was a Cuban marxist revolutionary living in Mexico and trying to organize the overthrow of the Cuban government of General Gerardo Machado. Mella was assassinated on January 10th 1929, while walking home late at night with photographer and lover Tina Modotti, on the street Abraham Gonzalez.*

Y ahora, seis años después de aquella exposición, Eva sostiene el guión sobre sus piernas mientras acomoda el cojín de la tumbona, para descansar el cuello y seguir leyendo. Las siete de la tarde empiezan a oscurecer la página ocho, a la que ya ha llegado sin dificultad. Está bien escrito, de eso no hay duda. Se lee fácil, como si alguien ubicado a tus espaldas te lo fuera soplando al oído, haciendo las pausas justas y las entonaciones necesarias. *Script by* Pablo Cárdenas

Trujillo, confirma en la portada. No, no recuerda haber oído antes de él. ¿Cómo habrá conseguido que le compraran este guión? Premio a su talento, de seguro. ¿Y Willy? Ya tendría que estar aquí. Suspendió una segunda vez el impulso de levantarse y entrar a la casa, ahora en busca del teléfono para marcar el número de celular de su marido y tranquilizarse al escuchar su voz.

—Baby, no me hagas pasar estos sustos —le diría ella con fingido y estudiado descuido, tal como hace cada vez que él regresa tarde, habiéndose olvidado de anunciar su retraso.

Una escena más, se prometió intentando aquietar el nubarrón que amenazaba con nublar su estómago. Leo una escena más y voy a llamar a Willy.

6. INT. ESTUDIO TINA. DÍA.

El estudio de TINA es un lugar estrecho: un departamento viejo de un quinto piso que, incluso, está algo inclinado. El breve espacio está abarrotado de libros, fotografías, ropa, papelitos pegados sobre el muro con frases de Lenin, muchos ceniceros llenos de restos de cigarrillos. Hay fotografías de JULIO en diferentes momentos: arengando a las masas, sonriendo en la intimidad, con algunos amigos en una fiesta. Se ve una imagen de una hoz y un martillo colgada en uno de los muros. También se ven algunas fotografías "clásicas" de TINA: *Alcatraces, Rosas, Nopal, Flor de manita.*

TINA

(V.O.)

No, no... Así no. Sonríe. Vamos, dame una sonrisa.

TINA está sacándole fotos a un NIÑO de nueve años que se resiste a ser fotografiado. Fuma y con la otra mano sostiene su cámara, una Graflex. La MADRE del NIÑO, junto a TINA, trata de controlar a su hijo.

MADRE

Fermín, hazle caso a la señorita.

TINA

(Corrige)

Señora.

MADRE

Ah, disculpe. Por aquí piensan que usted es señorita... Como todavía vive sola.

TINA no responde al comentario. Aspira hondo su cigarrillo.

MADRE

¿Y está casada, entonces...?

Fue ahí cuando los gritos le llegaron nítidos: es su voz, pensó Tina. Es su voz de adolescente en peligro, voz cruzada de vértigo, urgencia y rabia interna. Dejó suspendido el dedo índice, que iba camino a oprimir el obturador de su Graflex, y esperó en vilo la confirmación. La voz de Julio volvió a trepar las paredes externas del edificio, se coló por la ranura apenas abierta de la ventana, a cinco pisos por encima del nivel de la calle: ¡Tina! ¡Tina! El corazón dejó de latirle, igual como se endurece un puñado de cera líquida al contacto con el agua fría. Tina lo sintió inútil, un grumo opaco y muerto entre sus costillas: en eso se convirtió su corazón en apenas un segundo. *Dio*, si algo le pasa. Si algo llegara a pasarle. ¡Julio!

Treinta segundos antes, el estudio entero se quejaba con la presencia incómoda del niño y su madre, que venían por un retrato. Un día más de trabajo.

Tina había acomodado el tapete en el suelo, frente al gastado telón blanco, para ubicar ahí al niño que no dejaba de hacer morisquetas. Intentó domarlo a golpe de instrucciones: no, no quiero que abras la boca. Sonríe. No, no abras la boca. ¿No me entiendes? Quiero una sonrisa. No me mires. Eso. No, no te muevas.

La madre no colabora. Absorta, recorre los cuatro muros del estudio: no hay espacio libre en esas paredes que se adivinan blancas bajo las fotos, los papelitos, los cuadros que abarcan de techo a suelo. Todo el poder a los soviéticos. La religión es el opio de los pueblos. La tierra debe ser para quien la trabaja. Postales. Consignas. La mujer arruga el ceño. Ella sólo quería un retrato de su hijo antes de que cumpliera los diez años. No pensaba que se iba a encontrar en la guarida de una radical, a quien no le basta con tener ideas peligrosas, sino que además las cuelga en sus paredes. ¿Y ahora? ¿Quién le grita desde la calle?

—¡Lucha! —exclamó la fotógrafa cuando pudo recobrar el impulso de su voz garganta adentro.

Y entonces las carreras al pasillo. Quitar el seguro de la puerta, dejar el espacio libre para que Julio entre directo al dormitorio donde Luz, obediente y repitiendo la coreografía mil veces antes ejecutada, ya ha vaciado el ropero escondiendo la ropa bajo la cama. Ahí viene Julio. Tina escucha el galope de sus pasos saltando de dos en dos los peldaños del edificio, el eco repetido piso por piso en la caja de la escala. Más atrás se escuchan los otros pasos: los dos policías que vienen tras él, menos atléticos, menos joviales, de barrigas sedentarias como sus intelectos. Julio es un brochazo de luz canela cuando atraviesa el umbral, pura sonrisa, pura boca de dientes blancos, nariz tallada como mascarón de proa. Alcanza a besarle los labios con un beso juguetón, coño, Tina, otra vez nos cogieron con las manos en la masa, y sigue directo al cuarto, brinca dentro del ropero donde Luz lo aguarda firme y dispuesta a cerrar las puertas y echar el cerrojo. Entonces el departamento entero contiene la respiración y se prepara a recibir la visita de los policías, jadeantes, que llegan hasta la puerta de ese quinto piso. Tina escucha los golpes insolentes. Desconfía y acertarás, se repite ella. Desconfía. Se lleva un cigarrillo apagado a la esquina de la boca y abre. El umbral se llena con el azul de los uniformes, con esos cuatro ojos de sabuesos cansados, la impertinencia de la autoridad que ella, por más que ha intentando, nunca ha conseguido digerir.

—¿Sí?

—¿Dónde está el revoltoso?

—¿Quién?

—Señora, no se haga. El joven que veníamos siguiendo. Entró a este edificio.

—Pues estará en otro departamento. Aquí sólo hay mujeres.

Tina abre un poco más la puerta, sabiendo que Luz Ardizana está a su lado, amiga solidaria, con ese cuerpecito flacucho tan parecido al de un hombre, el pelo tan corto como el de un muchacho, con esos modales que confundían a primera vista, la camisa ancha y tosca, el pantalón arriba de la cintura. Luz se pega al quiebre de la cadera de Tina, que le retribuye el gesto con una caricia seductora en la mejilla. Mujer contra mujer.

—Y créanme que no nos hace falta un hombre, *non a tutti*. ¿Ninguno me va a ofrecer fuego?

Los policías retroceden, contienen apenas la mueca de desagrado. El departamento de tres cuartos y techos altos se ríe de ellos.

—¡Insolentes! ¡Deberían encarcelarlas por inmorales!

Tina estalla en una carcajada que recuerda a su infancia mientras cierra y agradece a Luz el paso de comedia que tantas veces han tenido que ejecutar cuando la autoridad llama a su puerta. Al final del pasillo esperan la madre y el niño, aterrados. Tina los había olvidado. Que se vayan, piensa. Que se vayan ya. Una foto siempre es una forma, y la forma de ese niño malcriado y bien vestido a ella no le interesa en lo más mínimo.

—Ya se me hizo tarde, señorita. Digo, señora. Y Fermín tiene que comer. Cuando no come se pone un poco inquieto.

—Dudo mucho que un plato de comida logre tranquilizar a ese pequeño monstruo.

La escalera se lleva a la madre y al hijo que bajan apresurados hacia la planta baja. Tendría que haberlo pensado mejor antes de haber venido, se queja la mujer en silencio. La guarida de una radical. Una radical insolente que convive con otra mujer, que esconde asesinos en el ropero. Una radical que no tiene crucifijos en su casa: sólo fotos de hombres sucios, mujeres pobres, muertos de hambre que nadie quiere ver. Vamos, Fermín. Apúrate. Y de un tirón lo jala hacia ese mediodía reventado de luz blanca para, un segundo después, ser tragados por el trajín de la calle Abraham González.

Ya basta, concluye Pablo apagando la computadora. Quedaban pendientes tantas cosas para el día siguiente. La más importante y decisiva: descubrir si existía algo, por más mínimo que fuera, que lo uniera a esa mujer. No puedo. No puedo escribir sobre ella. No puedo, punto. Pero en el fondo, sabía que estaba absolutamente equivocado.

DOS

EL ARTE EN UN PESTAÑEO

Pablo escrutó con atención la fotografía. El título era *Funerales de los trabajadores asesinados por los reaccionarios*. Un nombre que no acepta dobles lecturas. Ideología pura. No era muy creativa la Modotti para bautizar su trabajo, concluyó. Sombreros mexicanos apiñados bajo un cielo oscuro de dolor. Una masa compacta ruge en silencio su furia de vísceras, de tripas que ya no dan más. Acercó la oreja al libro. Sí, el clamor se escuchaba con toda claridad.

A esa hora de la tarde, el cuarto entero es un pozo de ámbar. Luz de oro en la única ventana del dormitorio, en los espejos biselados del ropero, en los dos cuerpos desnudos sobre la cama. Julio sabe amarla. Estuvieron haciendo el amor durante horas. Ahora él yace de medio lado y, desde su posición, Tina no alcanza a ver si tiene los ojos abiertos o cerrados. Se entretiene en observar los rayos del sol que surgen pintados por el humo de su cigarrillo, y cómo se parten en colores cuando rebotan en las gotas de sudor que pueblan el pecho de Julio. Torso perfecto. Y es suyo. Suyo. Tina siente que de tan viva podría morirse y no importarle. ¿Su Graflex?, ¿dónde está? Quisiera fotografiarlo en este mismo instante, así, desmadejado en su cama con esa expresión de profunda paz que sólo los inocentes y los niños pueden llegar a adquirir. De ese modo podría demostrarle a todos los imbéciles reaccionarios que Julio no es un peligro público. El primer estudiante proletario de América Latina, qué estupidez. Así lo bautizaron las autoridades justo después de que el gobierno de Gerardo Machado, allá en Cuba, lo expulsara del país en mitad de la noche. Pero lo que no te mata te hace más fuerte: eso también se lo enseñó Julio, y ella le juró que aprendería todo lo que él quisiera enseñarle. Iba a convertirlo en su musa. En la causa de su arte. En la inspiración necesaria para ser valiente y oprimir con entusiasmo el obturador de su cámara.

—*Caro*, no me hagas pasar estos sustos —pide ella azorada cada vez que él regresa de alguna nueva aventura en donde casi se le va la vida.

Y él, como siempre, no le responde. Sólo se ríe, la toma entre sus brazos, le abre el kimono de seda que ella lleva cuando trabaja en la casa, le besa los pechos que le enloquecen, el ombligo que nada al centro de su vientre como una isla solitaria, y a Tina no le queda más que cerrar los ojos y dejarse hacer.

Tina se incorpora en el lecho. En el suelo quedaron las fotografías que reveló esa mañana. Desde el colchón las mira: rectángulos en blanco y negro que claman la injusticia social, la miseria humana, la desigualdad que nadie piensa corregir. Extiende la mano y toma una.

Es mentira cuando dicen que un retrato es mudo. Si el obturador se oprimió en el momento exacto, cuando todo conspiró a favor de ese instante, entonces el resultado es un momento inmortalizado que vibra, que late y gruñe como una alimaña. A ver cómo describo esto ahora, murmuró Pablo, dejando atrás la fotografía y regresando los dedos al teclado de su laptop. ¿Dónde quedaron mis personajes? Tina y Julio desnudos, la cama revuelta, las sábanas tibias y aún húmedas de desenfreno, ella contemplando su propia obra, él desparramado a su lado, con ese cansancio tan vital que sólo se consigue después de hacer el amor con alguien que se ama en serio. ¿Dónde estará Tom?

JULIO

Coño...

TINA voltea hacia JULIO, que le señala la fotografía que ella tiene en la mano.

JULIO

Ésta es hermosa.

TINA hace un gesto de negación con la cabeza, como diciendo "no, no me gusta".

JULIO

A ti no te gusta nada de lo que haces.

TINA se incorpora en la cama. Toma la fotografía y se la pone a JULIO frente a sus ojos.

TINA

¿Qué...? ¿Acaso tú no estabas ahí...? ¿Acaso no sentiste el dolor, la rabia de toda esa gente...? ¡Dime dónde está todo eso en esta foto...!

JULIO

Aquí...

TINA

¡No, no fui capaz...! ¡Esto no se trata de fotografiar un jarrón con flores...! ¡Estos son seres humanos...!

TINA toma otras fotografías que no se alcanzan a apreciar. Las rompe con rabia.

TINA

Hay que tener sentido crítico. ¡Yo tengo falta de disciplina, voluntad! ¡Soy tan ineficiente!

JULIO

Entonces vuelve a fotografiar jarrones con flores.

TINA

No entiendes. ¡En ese funeral había almas, muchas almas! ¡Pero en mis fotos no están!

El exabrupto se apaga. Los ojos de ambos se enfrentan, el colchón se trinca como un campo de batalla que de pronto se ha sacudido de encima sus olores, el sudor, para dar paso a otra cosa, algo que Tina y Julio están inaugurando: la primera pelea. La mano de Julio es tan grande como la espalda de Tina. Los cinco dedos la rodean completa, la atraen hacia él. Están tan cerca que podrían lamerse las caras.

—Coño, Tina, no te quejes: actúa.

Silencio. La fotógrafa baja la vista. Es tan bello. Su piel huele a madera, a isla, a trigo teñido de sol. Sus formas son perfectas. Hay verticales y horizontales en cada pulgada, en cada tramo de sus miembros. La luz y su cuerpo han hecho un pacto, es obvio, porque los poros relucen con un brillo que parece recién inventado. Con la ventana convertida en incendio, el dormitorio entero es una pecera de sol.

—¡Si no estás contenta con tu trabajo, insiste! Saca más fotos. Saca todas las fotos que puedas, hasta que una te satisfaga. De eso se trata, Tina. De luchar hasta conseguir lo que se quiere —sentencia el cubano.

Disculpa, *amore*, pero en este momento hay algo más urgente que escuchar la belleza de tu voz. Hay otra belleza, la de tu cuerpo, la que se te escapa por la piel, de la que debo ocuparme lo antes posible. Tina se baja de la cama, corre en busca de su Graflex. Sus pies desnudos dejan leves retratos de sudor en las tablas del suelo, vacilantes huellas de agua que van hacia la mesa. El lente apunta a Julio que sonríe con esos dientes de porcelana, el labio juguetón que ha comprendido todo: lanza hacia atrás las sábanas, exponiéndose completo y simple como un animal marino. Tina dispara el obturador varias veces. *Dio*, he descubierto la fuente inagotable de mi arte. Eso eres, Julio: mi pasión se viste con tu piel. Tú le das sentido a mi mirada. Te obligo a que permanezcas a mi lado hasta que mi cuerpo anciano ya no sea capaz de cargar una cámara.

Pablo hizo una pausa. Anotó en su libreta: "Revisar funcionamiento mecánico de una cámara fotográfica". ¿Cómo se dispara un obturador?

Clic. Clic. Una más. Clic. Y otra más. Julio es un gato de canela al estirarse en la cama, posando para ella. Su mano, esa mano monumental que parece tener más de cinco dedos, rodea la cintura femenina. La obliga a recostarse a su lado. Su lengua baja de la nuca hasta el quiebre de la espalda. Tanta pasión. El roce enciende las calderas. El aliento de fuego quema el paladar de ambos. Quiero que me dures para siempre, Julio. Como estas fotos que te acabo de tomar. Él ríe, concentrado en lamer sus pliegues. Eso es imposible, dejan escapar sus labios que se hunden carne adentro. Todos vamos a desaparecer algún día. Un quejido se eleva, flota, se revienta en una burbuja que hace eco. Tina cae un poco más hondo en el despeñadero del placer. Estira las manos, separa los muslos, protagonista de su propio naufragio en aguas revueltas.

TINA

¡Hoy no quiero que te vayas! No me gusta esa casa de huéspedes donde duermes.

JULIO

Ahí vivo. Y miles viven en peores condiciones que yo.

TINA se incorpora en la cama, ilusionada.

TINA

Múdate aquí. Vive conmigo.

A JULIO le gusta la idea.

TINA

Aquí estarías mucho más cómodo. Podrías escribir tus artículos, tus ensayos... Y yo podría aprender tanto de ti... ¿No te gusta la idea?

JULIO

Soy peligroso. Lo dicen las autoridades: el primer estudiante proletario de América Latina.

TINA

¿Y qué? ¡Los vecinos dicen que todavía soy señorita...!

Eva echa hacia atrás el cuello, arqueando la espalda y levantando aún más sus pechos. Sabe que ese movimiento enloquece a Willy y que, por consiguiente, va a arremeter con más fuerza. Durante esos breves instantes en el que el mundo entero parece convertirse en un fogonazo de paraíso, Eva alcanza a rozar la felicidad. Y después se apaga. El universo baja el telón y ella queda ahí, sola en su escenario mal iluminado, enfrentando al público que no ve pero ella sabe que está en sus butacas, acomodándose lo mejor posible su máscara de mujer sonriente, de mujer exitosa, de mujer completa. Willy sube y baja al compás de su respiración. Ella lo quiere, lo quiere tanto. Es tan fácil adorarlo, además. Su sonrisa de niño bien portado, esos brazos de oso inofensivo, sus ganas de complacerla en cada uno de sus caprichos. Eva lanza un suspiro final, definitivo, y se recuesta sobre el pecho de su marido, sus cabellos rubios abrazándole el cuello como una bufanda. Desearía tanto escuchar ahora la orden del director: ¡Corten! Y que entrara alguien para llevarse la cama, que desmontaran los muros, el paisaje ficticio al otro lado de la ventana, que nada fuera cierto, ni siquiera esa sensación de estridente vacío que ha hecho nido entre sus tripas. Utilería. Cámaras. Ficción escrita en un guión por un autor que ni siquiera había que conocer. Vivir en una eterna escenografía en la cual es imposible echar raíces. Pero así no funcionan las cosas. No para ella, al menos.

Entonces no le queda de otra más que quedarse ahí, sobre su marido, dejando que el calor de ambos los abrigue y les haga olvidar que, otra vez, el teatro del amor fue simplemente por el placer de seguir juntos y no con un fin mayor. Ella siempre quiere llorar después del sexo. Willy lo sabe. Por eso le levanta con suavidad el mentón, buscando sus ojos en los que ya ha comenzado a ponerse el sol.

—*Love you, darling.*

Eva quisiera poder contestarle, pero está demasiado lejos. Tan lejos como sus esperanzas de que algún día su vientre sea tierra fértil. Y eso Willy también lo sabe. Por eso no insiste en conseguir una respuesta.

Qué suerte tiene en haberlo encontrado. A veces es tanto el amor, que siente envidia de sí misma.

TINA

Vive conmigo, *amore*. Esperemos juntos tu divorcio de Olivín en Cuba.

TINA se sienta a horcajadas sobre JULIO, que cierra los ojos y echa hacia atrás la cabeza. Ella se empieza a mover despacio.

TINA

En nombre de todo lo que tú y yo amamos, te pido que vivas aquí. Conmigo.

JULIO comprende que ella está hablando muy en serio. TINA y JULIO comienzan a hacer nuevamente el amor.

CORTE A:

Y ahora la mano que se posó en su hombro. ¿Qué? ¿Quién? Tom venía a despedirse. Pablo reprimió el rabioso impulso de recordarle el trato: nadie entra a su estudio mientras él esté trabajando. Pero es inútil. A Tom las reglas no se le dan. O no las obedece, que para todo efecto práctico es lo mismo. ¿Hace cuánto ya que se conocen? Era probable que ese año Tom quisiera celebrar el aniversario, y era probable que él también terminara aceptando. Pablo lo vio acercarse y comentarle con una sonrisa que regresa rápido, que antes de las ocho estará de vuelta. Le buscó los labios, le regaló un poco de su inagotable optimismo a través de esa saliva dulce que tan bien ha llegado a conocer. Por alguna razón, el novio yéndose de espaldas por el pasillo, rumbo a la puerta de calle, siempre le ha parecido a Pablo una imagen de una infinita tristeza. Será que el quedarse solo lo obliga a ciertas cosas de las que no quiere ocuparse. Ahora que lo piensa, él y Tom también habían decidido vivir juntos luego de una noche de intenso placer. ¿Irían ellos a tener un final tan abrupto y doloroso como el de Tina y Julio? Dejó atrás la silla ergonométrica, se acercó al ventanal del estudio. Al otro lado, Periférico se desbordaba incontenible a la hora de mayor tránsito. Después del amor, siempre quedaba vulnerable, la armadura desarticulada y llena de grietas por donde era muy fácil colar algún arma enemiga y penetrar su piel expuesta. Era el instante preciso para tomar ese tipo de decisiones de las que siempre se arrepentía después. ¿Estaba arrepentido de vivir con Tom? No, claro que no, se respondió sin darse siquiera el tiempo a pensar. ¿Y entonces?

¿Y entonces? ¿Ahora qué? Eva se mira al espejo. Se arropa el cuerpo con una bata que tiene sus iniciales bordadas sobre el pecho. Regalo de Willy: ¿quién más podría mandar a bordar una bata de levantarse para celebrar un segundo aniversario de matrimonio? Abre el grifo, se moja la cara. Y se queda ahí unos instantes, mirándose. El baño entero se convierte en la sala de exposiciones del Museo de Arte de San Francisco. Ensaya la pose: acerca sus manos al mentón, cierra la boca, estira ligeramente los labios como si fuera a declamar. Le cuesta tan poco evocar la imagen de Tina inmortalizada en aquel retrato de Edward Weston. Tina sumergida en su dolor. Tina hundiéndose en una noche que ha ido venciendo al día. Eva repite el gesto, lo mantiene, lo hace durar en su fotografía del espejo. Ahí está. Casi es ella. La voz de Willy rompe el cara a cara, le recuerda que hay que empezar a empacar para irse a México. ¿Cuándo tenemos que estar allá, baby?, pregunta él y ella sabe que se ha puesto de pie porque se queja un instante por el esfuerzo de despegarse de la cama. El viernes, responde Eva, y se sorprende de lo oscura que le suena la voz. Voz en blanco y negro, como debió ser la voz de Tina. El viernes. Tres días. *Shit*. Hay tanto que hacer. Serán dos meses de intensa filmación. Algo le dice que cuando ya esté maquillada y vestida como Tina, no va a ser capaz de mirarse al espejo.

Y sin poder evitarlo, se lleva las manos al vientre.

—¿Quieres tener hijos? —pregunta Julio desde su esquina de la cama.

—Ya te tengo a ti, *caro*. Tengo al partido. Y tengo mis fotos —responde Tina, encendiendo un nuevo cigarrillo.

La respiración de ambos sube y baja al mismo compás. Ella mira su Graflex que quedó en la mesita de noche: caja oscura, fuelle aún firme y funcional, ojo óptico que ha aprendido a dominar tan bien. Su Graflex. Recordó las palabras de Weston: "No hay oportunidad de arreglar nada, Modotti. Nunca pierdas tu sentido crítico. En un pestañeo nos jugamos el arte". Era tan cierto. Un buen retrato obligaba a pestañear en el momento preciso, o todo se iba al infierno. Estiró el brazo, sus dedos rozaron la mesa. No alcanzaron a tocar la Graflex.

"Dentro del cuerpo de la cámara se encuentra una pequeña cavidad hermética a la luz donde se aloja la película para su exposición. Al otro lado de la película y junto al objetivo, se hallan el diafragma y el obturador. El objetivo, que se instala en la parte anterior del cuerpo, es en realidad un conjunto de lentes ópticos de cristal. El diafragma, abertura circular situada junto al objetivo, funciona en sincronía con el obturador para dejar pasar la luz a la cámara oscura. El obturador es un dispositivo mecánico, dotado con un elemento elástico, que deja pasar la luz a la cámara durante el intervalo de exposición."

Pablo cerró la libreta. Al levantar la vista, se encontró con el rostro de Tom que luchaba contra él mismo por mantener disimulada una ya muy evidente ansiedad. Había regresado. Carajo, ¿eran ya las ocho de la noche?

—¿Y?, ¿te sirven mis cuadernos? —preguntó, mientras todo su cuerpo se preparó para recibir un "sí" por respuesta.

Esa mañana, Tom había estado sumergido en varias de las cajas que quedaron arrumbadas luego de la mudanza, y a las que nunca nadie prestó atención. Fueron a dar al rincón más oscuro del área de servicio del departamento. La noche anterior Tom comentó que en alguna parte debían estar sus cuadernos, de cuando estudió fotografía en la New School University, en Nueva York. Pablo le insistió que no valía la pena que perdiera su tiempo buscándole más libros, o notas, o apuntes, no pensaba centrar el guión de Tina en su condición de fotógrafa, sino en su relación con Julio Mella. Va a ser la historia de una mujer enamorada. Va a ser la historia de una fotógrafa enamorada, replanteó su novio mientras retiraba los platos ya vacíos de lasaña de berenjenas.

—Y si no estudias algo de fotografía, se van a dar cuenta de que no sabes nada —sentenció antes de salir rumbo a la cocina.

Pablo intentó esbozar una respuesta desde la mesa, para quedarse él con la última palabra. Pero no pudo. Tal vez después de todo no era una mala idea repasar brevemente el funcionamiento de una cámara fotográfica, el modo de revelar un negativo.

Tina anota con perfecta caligrafía en su libreta de tapas negras: *Procedimiento fotográfico, 3 minutos.*

Voltear la placa cada treinta segundos. Ni uno más, ni uno menos.

Hiposulfito de sodio, 2 gramos.

Hidroquinona, 90 gramos.

Cristales de ácido bórico, 30 gramos.

No hay oportunidad de arreglar nada, Modotti. En un pestañeo nos jugamos el arte. Qué horror. *Dio*, qué angustia. Qué ineficiente puedo llegar a ser.

Estaba claro que al menos una escena de la película debía transcurrir en un cuarto de revelado. Pablo se entusiasmó con la imagen de dos cuerpos apretados por la brevedad del espacio, en aire enrarecido por el vapor del ácido acético, un par de caricias dibujadas a fuego por la luz roja, el destello húmedo de un cuello que se expone para ser conquistado.

—¿Pablo, te sirven o no mis cuadernos? —insistió Tom aún en el vaivén de la espera.

—Sí, gracias.

Pablo se zambulló en el teclado, la imagen de esos dos cuerpos escondidos tras el biombo de luz roja aún cosida a sus párpados.

16. INT. CUARTO OSCURO. DÍA.

TINA está revelando nuevas fotos. De pronto el cuerpo de JULIO aparece junto a ella. Mira por encima del hombro de TINA el resultado de la foto.

TINA

Te piace?

JULIO

Mucho, muchísimo.

JULIO se pega a TINA, por detrás. Le toma sus pechos, ella echa la cabeza hacia atrás, recostándose en él.

CORTE A:

"Durante el preciso instante en el que realizamos la fotografía, en apenas unas milésimas de segundo, ocurre un baile en el interior de la cámara: el espejo sube hasta ponerse horizontal, el diafragma del objetivo se cierra a la apertura seleccionada, el obturador se abre exponiendo el sensor a la luz, se vuelve a cerrar una vez transcurrido el tiempo de exposición, se abre de nuevo a tope el diafragma y finalmente el espejo vuelve a su posición inicial."

18. EXT. MERCADO. DÍA.

La mirada de TINA se detiene en una humilde CAMPESINA que está lavando ropa sobre una piedra. A su lado, una NIÑA pequeña le clava los ojos a TINA. TINA se hipnotiza con las manos de la lavandera, rugosas, oscuras, que contrastan contra la blancura de la tela.

TINA

Lucha. La cámara.

LUZ abre un bolso que lleva colgado de un hombro y le pasa la cámara a TINA. Ella se acerca unos pasos a la CAMPESINA. La observa a través del lente.

TINA

México se parece tanto a Italia... Por eso cuando estoy aquí no me siento extranjera...

TINA dispara el obturador. La imagen de las manos de la campesina se congela. Da origen a: *Manos de lavandera*. La imagen se queda así, unos segundos, en blanco y negro.

CORTE A:

No cabía duda alguna de que Tom había sido un buen alumno en sus tiempos de estudiante. Su caligrafía era ordenada, los errores ortográficos pocos, y en esas páginas estaba todo lo necesario para entender el proceso mecánico de cómo una foto llegaba a ser plasmada sobre un negativo. Sin embargo, no era eso lo que a él le interesaba. Todavía ni siquiera tenía claro por qué escribía el guión. Pero había un contrato firmado y Leslie controlaba como una celadora su avance diario. Tu carrera necesita esta historia. ¿O qué? ¿Pretendes quedarte encerrado en tu departamento el resto de tu vida? Pablo abrió el libro *Tina Modotti & Edward Weston, The Mexico Years* en la página 62. Ahí, una serie de cuatro fotografías del rostro de Tina, en diversas actitudes, parecían hablar en silencio. ¿Qué le querían decir? ¿Qué mensaje luchaba por despegarse del papel, para atravesar casi ochenta años de distancia y susurrarle al oído su contenido? Pablo acercó la oreja al libro. No pudo evitar una sonrisa de burla. Lo que faltaba. Que por culpa de una fotógrafa italiana me empiece a volver loco. *Parla, cane!*, dicen que ordenó Miguel Ángel a su Moisés una vez que terminó de esculpirlo y lo vio ahí, perfecto, casi, casi a punto de moverse. La leyenda cuenta que lo golpeó con furia en la rodilla derecha, tal vez sintiendo que lo único que faltaba por extraerle al mármol era simplemente vida.

¿Y si él golpeara la foto de Tina? ¿Si le ordenara hablar, dictarle letra a letra ese guión que no terminaba de convencerlo, que tenía todo menos vida propia? ¿Qué miedos tendría ella que confesarle? ¡Pero qué temores podía tener una mujer que se había atrevido a dejar una casa pobre en Italia para viajar al otro lado del océano, radicar en San Francisco, luego en Los Ángeles, y de ahí irse a conquistar el mundo! Ay, la punzada de la envidia. Esa herida que duele tanto y no cicatriza. *Parla, cagna!* ¡Háblame, Modotti!

21. INT. ESPACIO ONÍRICO.

JULIO mirando la cámara. Su rostro se ilumina por un violento destello de luz blanca: el flash de una cámara fotográfica.

El rostro de JULIO pierde nitidez: una capa de agua en movimiento lo cubre, lo deforma. Cuando el agua se aquieta, se aprecia ahora otra imagen de JULIO: desnudo sobre el pasto, durmiendo. Se ve plácido. Se dispara un nuevo flash fotográfico, que llena de reflejos el agua.

Primer plano de JULIO con los ojos cerrados. De pronto abre los ojos, asustado, como si estuviera despertando en medio de una pesadilla. Abre la boca, pero sólo una gran burbuja sale del interior: JULIO está bajo el agua, ahogándose.

CORTE A:

22. INT. RECÁMARA TINA. NOCHE.

TINA abre los ojos de golpe, despertando de su sueño. Está agitada, temerosa. A través de la ventana se aprecia que llueve con intensidad. Hay un relámpago, luego un trueno. TINA voltea y se calma al ver a JULIO durmiendo a su lado, en paz.

CORTE A:

23. EXT. AZOTEA. NOCHE.

Llueve. TINA termina de subir las escaleras hacia la azotea, arropada sólo por su bata. Se queda inmóvil unos momentos, dejando que el agua la moje. El pelo se le pega a la cara. TINA se quita la bata. Desnuda, abre los brazos, los extiende hacia el cielo. Su cuerpo brilla a causa de la lluvia.

CORTE A:

Con un categórico gesto de sus manos, como quien se despoja de un par de guantes que no piensa volver a usar, Eva echó dentro de la maleta sus miedos, a ver si también viajaban con ella. De alguna manera se sentía segura sabiéndolos cerca, dirigiendo sus horas y sus movimientos. Ya estaba todo listo y empacado. Oyó a Willy cerciorarse de que puertas y ventanas estuvieran cerradas. Daba instrucciones por teléfono a alguien que supuso sería su asistente. Sólo faltaba que el taxi, a las cinco en punto, pasara por ellos para llevarlos al aeropuerto de Los Ángeles. Allá en México había una película sobre la vida de Tina Modotti que filmar. Era cosa de que alguien gritara *¡Acción!* para que ella se convirtiera en *ella*, la otra.

TRES

PROVOCACIONES DE MADRUGADA

De pronto se dio cuenta de que estaba en presencia de esa otra Tina. Sin previo aviso, se vio cara a cara con aquella parte de su pasado que prefería olvidar. La muda. La maquillada en exceso. *La latina ardiente*, como oía que la llamaban a sus espaldas en los foros de filmación. *La exótica, la femme fatale*. La que vivió en Hollywood, la que se codeó con las estrellas de la época. La que dejó que productores y directores la convirtieran en muñeca de porcelana, en diosa pagana vestida con túnicas de batik. Tina se detuvo en seco cuando notó que alguien —quién sabe quién de todos los demonios presentes— estaba proyectando *The Tiger's Coat* en la enorme pared de su azotea. ¡Acción!, creyó oír de nuevo. Paralizada por la descomunal proporción de su rostro maquillado con sutil palidez, el cabello en rizos de embuste, sus párpados convertidos en dos pozos oscuros de enorme melancolía, Tina no tuvo más alternativa que lanzar al suelo el cigarrillo que se consumía entre sus dedos y se quedó ahí: ante el espejo del cine que le devolvía su imagen nueve años más joven, allá por 1920, cuando por fin obtuvo el papel protagónico en una película. El actor que la acompañaba en escena se llamaba Lawson Butt, el galán de moda en aquel momento. Nunca olvidó su nombre. Qué afortunada eres, Tina. ¡Vas a trabajar con Lawson Butt! ¡Quién como tú! Y ella, cuando vio el resultado final de la película, sintió que había hecho el ridículo. ¡Acción! No, esto es mediocre. Esto no vale la pena. Ésa de ahí, la que me mira desde la pantalla, no soy yo. ¡Esto es basura! ¿En qué estaba pensando cuando acepté formar parte de ese circo? ¡Julio! ¡Que Julio no la vea! ¿Dónde está Julio?

Noche de enero. Noche de tequila, de euforia, de desenfreno. Noche de celebración: ella y Julio cumplen cuatro meses viviendo juntos. *La cucaracha, la cucaracha, ya no puede caminar, porque no tiene, porque le falta, marihuana pa'fumar*, vocifera el puñado de amigos que trepó hasta aquella azotea para brindar con ellos. ¿Y Julio? ¡Que no vaya a ver esa película! ¡Que no se vaya a enfrentar a mi ego atrapado en esos fotogramas de celuloide!

—¡Lucha! —exclama apoyada en uno de los tinacos, dándole la espalda al muro que la proyecta monumental.

Luz Ardizana se acerca, los ojos más abiertos que nunca, asustada por ese tono de alarma en la voz de Tina. Atrás una voz pide más tequila. Se oye la melodía de una guitarra, algunos aplausos. La fiesta en su apogeo. El olor a frijoles, a tortilla recién calentada, a congrí es persistente. No se mete sólo por las narices. También por los ojos: desde los platos de barro pintados a mano que pueblan el enorme mesón. El banquete de celebración preparado para la italiana y el cubano.

—¿Dónde está Julio?

—Abajo, con Diego —responde ella. Se acerca, preocupada—. ¿Estás bien?

—¡Que alguien apague esa puta película!

LUZ

¿Por qué, chingados? Si te ves tan hermosa ahí.

TINA

¡Mierda, eso es lo que soy! ¡Una mierda! ¡Las mujeres somos negativas...!

LUZ, sorprendida de la reacción de TINA, se echa a reír. Choca su propio vaso con el de TINA.

LUZ

¡Salud por eso...!

TINA

Somos insignificantes... ¡No somos capaces de dejarnos absorber enteramente por una causa!

TINA voltea en todas las direcciones.

TINA

¡Pido perdón a todas las mujeres...! ¡Pido perdón por mí, la imperfecta Tina Modotti!

Nadie la escucha. Ni el viento, que ha dejado de soplar. Ni las estrellas, que han huido al otro lado del mantel negro en que se ha convertido el cielo. La azotea en fiesta le parece lejana, demasiado nocturna, un bosque espeso donde ni siquiera el faro de su rostro cinematográfico, iluminando la pared de cemento mal fraguado, sirve de guía para no extraviarse. Nadie quiere escucharla. Ni ella misma.

La bóveda oscura sobre la ciudad es un pizarrón mal borrado. Con un poco de esfuerzo aún se ve el dibujo de las nubes que la recorrieron durante el día y que ahora, llegada la noche, todavía se pueden adivinar por ese rastro de tiza que quedó sobre el negro. Eva abre la boca, inspira con dificultad. El aire le falta, siente el corazón treparle hasta las sienes. Le habían advertido las consecuencias de pisar Ciudad de México: la altura, el esmog. Oyó a Willy boquear como un pez agónico a su lado, mientras ella buscaba con urgencia algún cartel con su nombre que anunciara que ahí, en esa avalancha de manos, ojos y gritos que venían a recoger a sus seres queridos, había alguien esperando por ellos. Desde el avión, la extensión de la capital sólo podía ser definida por la palabra descomunal. Jugó unos minutos a adivinar cuál de todos esos millones de puntos luminosos era la casa del escritor de la película. Pablo Cárdenas. Contaba las horas para su reunión del día siguiente, cuando por fin iban a presentárselo. Las veces que trataron de juntarse en Los Ángeles siempre hubo un contratiempo de último minuto que impidió la reunión. Quería conocer en persona al hombre que había sido capaz de escribir un guión de esa magnitud. Emoción pura. Tripa expuesta. Pasión que la estremeció desde que puso sus ojos en la primera palabra de la escena inicial. Un puñado de papeles más cercano a la poesía y a la literatura que a la frialdad propia de un texto que no está hecho para ser leído, sino para ser visto. Como si la misma Tina Modotti le hubiera confiado al oído su propia historia.

—¿Ya estás bien, baby? —pregunta a su marido, cuando por fin se han instalado en el asiento trasero del vehículo que los va a llevar al hotel.

Willy asiente, cariñoso. Se abre un botón más de la camisa, intentando probablemente darle más espacio a sus pulmones para respirar. Willy se concentra en mirar ese país desconocido para él a través de la ventanilla, y Eva aprovecha el momento para abandonarse a su máximo placer: observar a su marido. Mirarle el rostro y contar sus pecas, las mismas pecas que tienen razón de existir sólo porque a ella le gusta contárselas cada noche antes de dormir. Apoya la cabeza en el asiento y se pierde en esa llamarada de cabello rojo imposible de disimular de su marido, y se deja sorprender una vez más por su porte de vikingo perdido en el tiempo. Cuando Willy se quitó la ropa frente a ella la primera vez, Eva fue capaz de verle el ramaje de las venas antes que los lunares. Era una piel transparente, delicada como la de un animal en extinción, hecha sólo para ser besada. Y eso ha hecho Eva estos cuatro años de matrimonio: amarlo con devoción por quedarse con ella a pesar de la mala noticia que les partió las ilusiones de un hachazo. La casa enorme —el orgullo de ambos— se quedó de luto, con sus cuartos a media luz, cuando se enteró de que no albergaría más habitantes que los dos que ya vivían en ella. Ni la magnífica vista a la playa, ni la piscina rectangular y con cascada propia, ni las palmeras tibias de sol costero, erguidas a lo largo del jardín, fueron suficientes para Eva. Fue entonces que Willy se hizo aún más presente: se multiplicó para estar en cada rincón cuando ella se dedicaba en silencio a recorrer su hogar, buscando en el mármol del suelo una razón para seguir ahí y no salir corriendo, loca de dolor. No se imaginó la vida sin él a su lado. No era capaz. Por eso cuando Willy debía cumplir con sus inesperados viajes de negocios, en los que ella no podía acompañarlo, Eva se encerraba en la que supuestamente iba a ser la sala de juegos de los niños y se anestesiaba con el televisor. Ahí la encontraba Willy, arropada en alguna de las mantas que compraron juntos en

Vermont —de angora y lanilla, deliciosas al contacto— y con un beso de final de cuento de hadas la tomaba entre sus brazos de marinero y se la llevaba al dormitorio.

26. INT. ESTUDIO TINA. NOCHE.

DIEGO RIVERA y JULIO fuman, preocupados.

JULIO

¿Cuándo llegó la información del sicario?

DIEGO

Esta mañana, al partido. Tienes que cuidarte, Julio. Machado quiere verte muerto.

JULIO

¡Ese maldito podrá enviar desde Cuba todos los pistoleros que quiera, pero no va a conseguir que me calle! El miedo a una bala no va a detenerme.

DIEGO

Yo creo que lo más conveniente será que el partido te proteja.

JULIO

No, no es necesario. Voy a derrocarlo, Diego. Mi Cuba va a volver a ser libre, sin Machado. Y a mí no me va a pasar nada.

Y entonces la puerta que se abre. Tina se cuela hacia el interior del estudio, silenciosa como un íntimo pensamiento. Enfrenta a los dos hombres que han abandonado la fiesta en la azotea y se han venido a refugiar al departamento. Diego Rivera esconde su preocupación tras una carcajada rotunda, ésas que le abultan aún más el vientre y amenazan con cortar su cinturón con un violento chicotazo. La intuición de Tina lee las malas noticias. El mal augurio se ha quedado flotando sobre las dos cabezas masculinas, negándose a partir ventana afuera. Julio avanza hacia ella. Su sonrisa de niño se le viene encima, la arropa desde antes de rodearla con sus brazos.

—¿Todo bien? —pregunta ella.

—¡Claro que no! —se queja Diego.

Tina se paraliza. El miedo es un gato negro que le entierra las uñas en la nuca.

—¿Cómo va a estar todo bien, si no tengo un tequila en las manos? —ríe el panzón, guiñándole un ojo a Julio—. ¡Y esta noche, mi deber es emborracharme!

—Tu único deber es temerme, *caro*. Soy una mujer terrible —masculla ella, medio oculta bajo el cuerpo de Julio.

—Y yo soy un hombre sediento. Los veo en la azotea.

Rivera abandona el estudio. La puerta se cierra tras él. Julio pone un dedo sobre los labios de Tina, impidiéndole hablar. Ella muerde la yema, llenándose la boca con el sabor del Caribe atrapado en los surcos de esa huella digital. Julio deja escapar un quejido más parecido a un susurro de admiración:

—Coño, tanta pasión contenida en un cuerpo tan pequeño…

En la azotea, la madrugada alarga a duras penas sus horas de oscuridad. Los platos están vacíos. Sólo queda tequila para echarse al cuerpo. Algunos se han dormido, el cuerpo inclinado sobre la mesa. Otros se mantienen en pie, cantando alguna ranchera, la vista fija en *The Tiger's Coat* que nadie nunca quitó y que ha seguido repitiendo una y otra vez su inverosímil argumento contra el muro. Tina busca a Julio con la mirada. Lo encuentra junto a Diego, apoyados ambos en el barandal que da hacia la calle. El alcohol ha convertido el suelo en una alberca. Sí. Sus pies chapotean en aguas poco profundas. Tal vez comenzó a llover y ella no se dio cuenta. O tal vez las paredes se están derritiendo. Tina quiere dar la voz de alerta, pero sólo es capaz de seguir riendo. ¡Salud, Tina! Sus muslos torneados ya han desaparecido tragados por esa marea brava que alborota en la azotea del edificio Zamora, ubicado en el número 31 de la calle Abraham González. Julio… ¡Julio! Él no habla. Tiene la cabeza sumergida, se lo lleva la corriente. Trata de despedirse de ella, pero de su boca sólo manan burbujas que revientan antes de caer al suelo. Ahora el agua se ha convertido en un techo líquido, un mar invertido, un paraguas enorme y frágil a punto de quebrarse sobre sus cabezas. Son desvaríos de borracha, se consuela Tina. Y de inmediato se culpa por haber permitido que sus excesos la hicieran terminar así su noche de celebración. Son casi cuatro meses juntos. ¿Dónde está su Graflex? Quisiera hacer una foto: le gusta una mancha de luz que se descuelga como espuma sobre los grumos del cemento de la pared. La ranchera se ha terminado. Intenta fijar la vista, pero aunque mantiene los ojos abiertos sus pupilas han dejado de ver. Por eso sólo escucha la precipitada carrera por la escalera de caracol metálica, los pasos ajenos que suben hacia la azotea. Le llega una respiración de toro en celo, un clamor ronco que interrumpe la fiesta y retrasa aún más la llegada del sol.

—¡Viva Cuba! ¡Viva Gerardo Machado, cabrones!

Y luego, el silencio. El silencio más absoluto. Porque las verdaderas emergencias son así: suceden en un pozo gélido, un túnel de pesadillas donde los ruidos no logran penetrar. Como si fuera una escena de su película, vio a Julio gritar de furia. La boca abierta, fauce peligrosa, ausente de sonidos. Por primera vez vio sus ojos convertidos en dos brasas de odio puro. No está segura, pero diría que su *bambino* brincó sobre el provocador, que ya había enarbolado una bandera cubana como símbolo de su conquista. Tampoco escuchó el ruido de los golpes, la algarabía general, el desconcierto de todos. Sólo tenía ojos para ver a su Julio rodando por el suelo, trenzado con ese otro cuerpo que había venido sólo a buscar problemas, a insultarlos con sus consignas de apoyo a un dictador que todos ahí odiaban. Tuvo deseos de ser la otra Tina, la mujer fatal, la que seguía impertérrita en la pantalla, con su peinado de diosa pagana, su bata de motivo javanés, sus ademanes de marioneta tailandesa. ¿Y Julio? Ahí estaba, todo manos, puños y orgullo defendiendo sus ideales pisoteados por el recién llegado. ¿Se había quedado mudo el mundo entero, igual que ella en la película?

La confusión es enorme. Algunos gritan, las mujeres se asustan, un par de hombres intentan separar a JULIO del PROVOCADOR. De pronto se escucha un disparo y todos se detienen. DIEGO dispara al aire, furioso.

DIEGO

¡Qué chingados está pasando!

El PROVOCADOR aprovecha el momento de salir arrancando escaleras abajo. JULIO se ha quedado con la bandera cubana en la mano, acezando. La bandera se ha roto por el forcejeo.

Esto no va a terminar bien, alcanzó a pensar Tina antes de dejarse llevar por la resaca de ese mar azotado por tormentas. Convertida en náufrago, buscó a tientas un trozo de madera al cual echarle los brazos encima. Pero no encontró nada a su alrededor: sólo las heridas de una noche que, por desgracia, había durado más de lo necesario.

Le llegó la risa de Tom desde la sala. Y junto con ella vinieron el olor a cigarrillos, a sake, a papitas fritas ya tibias y algo lánguidas por la proximidad del fin de la velada. Los amigos de su novio aún no se iban. Pablo miró el reloj en una esquina de la pantalla de su computadora: casi la una de la madrugada. Hora más que prudente para que él se pusiera de pie, abandonara su estudio, se dejara ver unos minutos, saludara a los invitados y le hiciera una disimulada seña a Tom marcando así el final de la reunión. Llevaban casi una semana juntándose a diario para organizar la Marcha del Orgullo Gay del año 2001. La número 23. Estamos a punto de cumplir las bodas de plata, comentó Tom con indisimulado orgullo. *That's so exciting!* Sin embargo, Pablo prefería quedarse al margen del incontenible caudal de comunicados de prensa, estatutos, organigramas y mapas de la ciudad que ya inundaban su departamento y consumían las jornadas de su novio. ¿Y todo para qué? Para que un día al año un batallón completo de mamarrachos tuviera la libertad de salir a la calle, se trepara en camiones con plataformas y decorados con brillantina, y gritara al viento sus amaneramientos. Peor aún, había gente que aplaudía sus pestañas postizas, sus pelucas de fantasía, sus cuerpos apócrifos. No. Él no vivía así su sexualidad. Él no necesitaba máscaras, ni espectáculos callejeros, ni mucho menos disfraces de cabaret, para saber quién era. Por mucho que Tom se esforzara en explicarle que era un tema de derechos civiles, de igualdad, de lucha activa en busca de un reconocimiento y respeto por la diversidad. Clichés, pensó Pablo. Simples palabras que su novio escucha en sus reuniones y que repite como escudo de defensa. Qué pena, porque las palabras se las lleva el viento de un manotazo. Estamos en 2001 y todavía la gente le teme al que es distinto. Y un barbón de brasier plateado y bucles de lana amarilla no va construir precisamente un puente para comunicar dos trincheras opuestas. Muy por el contrario.

—¿Qué planteas entonces? —lo encaró Tom—. Si no quieres formar parte del desfile, *fine*. ¿Pero qué propones tú para evitar la discriminación?

—¡Hay que educar a la gente! —gritó Tina cuando se hizo una pausa en el bullicio febril que llenaba el salón de su departamento, convertido ahora en sede de una reunión clandestina—. Hay que movilizar a los trabajadores, hay que levantarse como una marea lenta. La injusticia se combate con educación, compañeros. Trabajando para ofrecerle a todo el mundo el derecho de hacer lo que quiera hacer.

Pablo se quedó en silencio. Hacía tanto que no le llegaba el regalo de una buena idea. Todas se las había apropiado Tina, allá en su esquina del mundo y el tiempo. Una privilegiada, sin duda: a pesar de ella misma, la italiana siempre tenía una respuesta para todo.

29. INT. CAFÉ. ATARDECER.

TINA Y JULIO sentados en una mesa, cercanos y entusiasmados con su conversación. El café está repleto de parroquianos que fuman, beben y hablan.

TINA

¡Lo quiero llamar "fotos contrastadas"! Es un vigoroso mensaje político, claro e inequívoco.

JULIO

¿Pero no crees que necesitan de un lector educado para entender su real mensaje?

TINA

¡Qué sé yo! Imagínate ésta. A la derecha, una foto de un grupo de niños elegantes, bien vestidos y alimentados... A la izquierda, otra foto con el mismo número de niños, pero despojados de salud, de alimentos, de justicia...

JULIO la mira, fascinado. TINA se ve cautivante, magnética. Vibra en cada poro.

JULIO

Mañana mismo comenzamos esa serie.

TINA

¿Entonces te gusta mi idea...?

JULIO

¡Claro que sí! ¡Las posibilidades son infinitas, Tina! México es un país lleno de contrastes... Ricos, pobres; sanos, enfermos; educados, iletrados... Hay tanto que hacer en esta tierra de revoluciones.

Como todavía no confiaban del todo en él, por su condición de extranjero avecindado en el país, y sobre todo por el hecho de ser un gringo *tan* dispuesto y solícito, el primer año de su participación en el evento Tom formó parte de la comisión de logística. Su tarea consistió en encontrar todos los puntos de reunión para el seguimiento de la marcha, lograr permisos de vialidad y organizar el orden de salida de grupos y vehículos. Fue tal su eficiencia y compromiso, que al año siguiente integró la selecta comisión de medios. Ahí, su misión fue —como le explicaron en una solemne ceremonia a la que Pablo tampoco pudo asistir por estar obsesionado en un nuevo proyecto— difundir el concepto y la finalidad de la marcha promoviendo en los medios un discurso uniformado y unitario. Pablo tenía que reconocer que se había sentido orgulloso de Tom cuando desde la cama lo sintió llegar casi a las tres de la mañana, agotado por el largo de día de trajín, desfiles y reuniones. Acarreando con él la efervescencia de lo que debía haber sido toda la avenida Reforma colapsada por las más de cien mil almas en fiesta, se metió bajo las sábanas y se acurrucó a su lado. Le puso una mano en el vientre, le dio un beso en la nuca. Y antes de dormirse le confió al oído un emocionado "me felicitaron mucho, *honey*" con el mismo temblor de voz de un niño al anunciar su primer premio escolar. Y se quedaron ahí, suspendidos en ese breve espacio de eternidad compartida.

En el hotel Radisson, situado al sur de la ciudad, la espera un comité de bienvenida. Un ramo de flores. Una canasta con frutas del país. Muchos ojos ansiosos, manos que se cuelan para pedir un autógrafo. Uno que otro flash fotográfico de sorprendidos y emocionados turistas. En un salón especialmente habilitado para ellos, Eva O'Ryan se reencuentra con el director de la película, conoce a los productores locales, y le permiten compartir con parte del resto del elenco. Willy, desbaratado por el viaje, los cambios de temperatura y la falta de oxígeno, se disculpa temprano y sube a la habitación. Ella le promete que va a cuadrar un par de asuntos y que pronto lo alcanza. Cuando le entregan una carpeta con los horarios de filmación, las pruebas de vestuario, maquillaje y ensayos, tiene la sensación inequívoca de que está *realmente* a punto de comenzar el rodaje. Este 2008 será un buen año, se dice. Y se lleva las manos al vientre, como siempre hace de manera involuntaria cuando se encuentra al borde de un abismo.

Ya está. Tina existe.

Cerca de la medianoche, Eva empezó a sentir sobre sus hombros el peso del viaje que se apropió de sus músculos y jugó a convertírselos en piedra. Consideró prudente decir adiós y subir a su habitación del hotel. Había tenido la oportunidad de conversar con Vinicius Duarte, el actor que interpretaría a Julio Antonio Mella en la película: un atractivo brasileño que hablaba un inglés perfecto y que estaba tan emocionado como ella de formar parte de un proyecto de esa magnitud. No le costó mucho imaginarlo ya caracterizado para el papel: con el estudiante revolucionario compartían los ángulos del rostro, el precipicio recto y mortal de la nariz, y a ambos el labio inferior les colgaba en un gajo sabroso, lo que les daba la apariencia de andar siempre en busca de un beso. Estaba segura de que lo primero que Tina vio en Julio fue su boca: pulpa de fruta madura que hablaba a gritos incluso antes que él pronunciara alguna palabra.

—La primera reunión de trabajo va a ser mañana, en casa del escritor —oyó Eva que alguien le comunicaba—. Pablo Cárdenas tiene un chalet en las afueras de la ciudad. Un lugar precioso, con un jardín enorme. Te va a gustar mucho.

—¿Vive con alguna pareja?, ¿tiene hijos? —quiso saber Eva. Tenía tantas, tantas preguntas…

—¿Pablo? No. Desde que yo lo conozco, y de eso hace ya casi cuatro años, está solo en ese enorme caserón. Completamente solo.

Qué pena, pensó Eva. Y con un ligero estremecimiento de corazón, por culpa de ese escritor a quien aún no conocía, se despidió con un *see you tomorrow* para irse a acostar junto a su Willy.

CUATRO

EL SUEÑO DE LAS LUCIÉRNAGAS

Delete.

Ya está. Tina no existe más. Yace al fondo de la papelera de su computador. Descansa en paz, Modotti. ¡Por fin! Ahora podrá dedicarse las veinticuatro horas del día al guión de su comedia romántica. Ya verá cómo se lo comunica a Leslie y a Tom, que incluso parece más entusiasmado que él mismo en ese proyecto que acaba de abortar. A Pablo le bastó simplemente apretar una tecla de su laptop. *Delete.* Fue todo lo que tuvo que hacer para que el archivo de veintinueve escenas desapareciera frente a sus ojos. Y luego de ese vacío inicial, la nada. Ni siquiera una palabra de despedida para aquella mujer que lo ha venido acompañando por el último mes y medio. Una mujer cubierta de escamas, imposible de sostener entre las manos por más de una fracción de segundo. Una mujer imposible de convertir en letras. *Delete. Delete.* Apretaría cien veces más la misma tecla si eso lo ayudara también a borrar de la mente el recuerdo de la fotógrafa, mirándolo desde la superficie satinada de los libros que pueblan su escritorio. Expresión de reproche silencioso que se reproduce en cada retrato. Cobarde. No fuiste capaz. Huiste. Mañana mismo regresan todos a las cajas de donde su novio los desenterró. Y de ahí al rincón más oscuro del cuatro de servicio. Ya nadie los necesita.

Tina no existe más.

A la mañana siguiente la pasaron a buscar a las nueve en punto. Ella había desayunado con Willy en uno de los comedores del Radisson, y después de casi diez horas de sueño empezaba a sentir que por fin había terminado de aterrizar en México. La falta de oxígeno, a causa de la altura, ya había dejado de ser un problema y hasta sus pulmones parecían contentos de estar ahí. Cuando se enfrentó al enorme bufete que ofrecía huevos en todas sus posibles preparaciones, panes, frijoles, carne, pollo y una escandalosa canasta repleta de fruta, supo que los siguientes dos meses tendría que esforzarse el doble para no subir de peso.

—¡Tina era una de las mujeres más bellas de su época! —le comentó a su marido, mientras se acomoda la servilleta sobre los muslos—. No puedo estar gorda. Así ni tú me vas a querer.

Willy salió hasta la calle para despedirla. La vio treparse a la van, donde también iban el brasileño, el director y un par de personas más que él no conocía. Eva le lanzó un beso a través del cristal de la ventanilla, que Willy simuló atrapar en el aire, como una desprevenida mariposa, para luego guardárselo en el bolsillo de la camisa. Apenas el vehículo se puso en marcha, Eva ya deseó estar de regreso.

El auto tomó el antiguo camino al Desierto de los Leones, accediendo a él por la lateral del Anillo Periférico, a la altura de la colonia Altavista. Por lo menos eso fue lo que uno de los asistentes de producción le fue narrando a Eva, como si fuera necesario instruirla de cada curva, cada calle, cada esquina que atravesaban. Por lo visto Pablo Cárdenas había decidido alejarse lo más posible del bullicio de la ciudad, reflexionó ella cuando poco a poco las casas empezaron a menguar al otro lado de la ventana, y amplios despoblados se tomaron el paisaje. Antes de que tuvieran tiempo de extrañarlo, el muchacho retomó su rol de guía turístico. Le explicó que la zona es un parque nacional enorme, lleno de especies protegidas de pino y varios animales autóctonos, y que está encajonada por dos cadenas montañosas de gran altura.

—Ésa es la razón por la cual el terreno por el que vamos presenta una forma muy abrupta y accidentada. ¿Lo ve? —le preguntó y a Eva no le quedó más que asentir con la cabeza.

La carretera trepaba por el lomo de pendientes muy inclinadas, que daban origen a barrancas y precipicios. Y ahí, en algún lugar de ese bosque sombrío, Pablo había hecho su hogar. ¿Vivirá aquí hace mucho? Una pregunta más para agregar a mi larga lista de cuestionamientos, se dijo la actriz y pegó la espalda al asiento del vehículo. Sólo un par de minutos la separaban de conocer al escritor de su próxima película. Qué bien, por fin se iba a cerrar el círculo.

Tom dormía en calzoncillos sobre la cama. Pablo vio que en la mesita de noche estaba su Nikon, la misma cámara que se había traído consigo de Nueva York. Por lo visto pensaba jugar a la Modotti un rato, inspirado por el guión que hasta un par de minutos se estaba escribiendo en ese departamento. Pobre Tom. Siempre necesitando de un estímulo externo para encontrar un camino, un quehacer que rápidamente convertía en propio aunque nunca hubiese sabido de su existencia. Se iba a molestar mucho cuando le contara que había borrado el archivo de Tina. Probablemente dejaría de hablarle un par de horas, tal vez la noche entera. Al día siguiente ya se habría olvidado del tema y estaría buscando algo nuevo en qué entretenerse.

La espalda de Tom siempre le pareció el banquete principal a la hora de degustar el cuerpo de su novio. Un lago enorme de piel tersa, un pedazo de seda hecho carne con el sólo propósito de ser acariciado hasta el hartazgo. El colchón se quejó cuando Pablo se le recostó encima. Tom murmuró algo entre sueños, pero de inmediato se acomodó para acogerlo. Un cuerpo cóncavo, el otro convexo. Una mano tibia rodea la cintura. Dos torsos masculinos se enfrentan, pecho a pecho. Una lengua baja rumbo al ombligo, se pierde en el inicio de un muslo. Tanta pasión. El roce enciende las calderas. El aliento de fuego quema el paladar de ambos. Quiero que me dures para siempre, Pablo. Pero Pablo no respondió, concentrado en lamer pliegues ajenos. Tom estiró la mano hacia la mesa de noche. Sus dedos rozaron la Nikon. Pablo le detuvo el brazo. No. No eres Tina, yo no soy Julio. No tienes por qué sacarme fotos desnudo en el desorden de nuestras sábanas. Pero quiero que me dures para siempre, Pablo. Sus labios se hundieron carne adentro. Imposible, todos vamos a desaparecer algún día. Un quejido se elevó para flotar unos instantes y luego reventarse en una burbuja que hizo eco. Ay, Julio mío. No. Pablo. Me llamo Pablo. Y tú no eres Tina. ¡Pero si yo no he dicho nada! Entonces Pablo descubrió la sombra que se estiró sobre la alfombra, y dibujó una tercera silueta en la pared del fondo: una mujer los observaba desde el umbral. Soy Tina. Tenía la sonrisa burlona y algo sorprendida de ver el amor entre dos hombres. Pablo abrió los ojos. Quiso gritarle ¡fuera, fuera!, ¡yo te acabo de borrar de mi vida!, pero el despeñadero del placer lo tiró de vuelta a su orilla del mundo. A través de los chispazos de luz que explotan tras sus párpados, alcanzó a darse cuenta de que la intrusa se iba. Retrocedió. Hundió el rostro en las sombras del pasillo, las manos sobre el mentón, sosteniendo las mejillas, la boca de labios carnosos a punto de decir algo. Era ella. Claro que era ella. El cabello abierto en dos aguas, separadas por una partidura amplia como un canal. Los párpados cerrados, la línea negra de las cejas pobladas. Era Tina. Estaba ahí, mirándonos. Pero Tom no escuchaba. Le separó las piernas, anunciándole a su cuerpo la buena noticia que iba a regalarle a continuación. Era Tina. ¡Era Tina la que estaba aquí, en nuestro propio dormitorio!

31. INT. SALA TINA. ATARDECER.

JULIO está frente a DIEGO. TINA está sirviendo unos vasitos de tequila.

DIEGO

Recibimos noticias de La Habana. Dicen que tú profanaste la bandera cubana.

JULIO

¿Yo? ¿Cuándo?

DIEGO

La noche del incidente, aquí en la azotea. Cuando golpeaste al tipo con la bandera.

JULIO

¡Ese imbécil era un provocador!

DIEGO

Lo que sea. Pero están diciendo en Cuba que heriste a un ciudadano cubano, que profanaste la bandera y que no tienes respeto por ella.

TINA

Eso es una horrible calumnia, Julio. Hay que limpiar tu reputación en Cuba.

JULIO

Voy a redactar un telegrama. Y se lo voy a enviar al director de *La Semana*, para que lo publique.

DIEGO

Y hay algo más, Mella. Magriñá quiere hablar contigo.

TINA

¿Quién…?

JULIO

José Magriñá. Es el hijo de un banquero cubano. Lo conocí un par de veces en La Habana.

(A Diego)

¿Está aquí en México?

DIEGO

Sí. Llegó hace poco, y dice que tiene información de los pistoleros que envío Machado en tu búsqueda.

Reacción de TINA que palidece. Se lleva una mano a los labios, ahogando un pequeño gritito.

JULIO

¿Y qué puede saber Magriñá? Tú sabes la fama que tiene... Ese tipo no es de confiar.

DIEGO

Tranquilo, está con nosotros. Además, no estamos en condiciones de dejar pasar ningún tipo de información. Te quiere ver a las nueve, en La India.

JULIO

Ahí voy a estar. Tina, ayúdame a redactar el telegrama. Lo vas a llevar al telégrafo en lo que yo hablo con Magriñá. No hay tiempo que perder.

CORTE A:

Pablo regresó a su estudio. Revisó el computador. Abrió archivo por archivo. No. Ni rastros de la italiana. Había sido simplemente una alucinación. Claro, estaba cansado. A esa hora de la noche, y después de un largo día de trabajo, era muy fácil confundirse. Además el edificio tenía seguridad. Nadie podía subir nueve pisos sin ser visto por el conserje y las innumerables cámaras escondidas en los rincones más estratégicos del lobby. Nadie, ni siquiera el fantasma impertinente de una fotógrafa melodramática era capaz de entrar al departamento y meterse en su habitación mientras él y su novio hacían el amor.

Delete.

Qué inteligente había sido.

Y mucho más tranquilo, apagó el computador y se regresó al dormitorio.

Julio y Tina se detienen. Atrás queda el eco de sus pasos, que se apura por alcanzarlos. En la acera de enfrente está La India, una zarrapastrosa cantina.

—Voy a tratar de que la reunión sea lo más corta posible —dice él.

—¿Tienes que ver a ese tipo?

—No tengo alternativa, Tina.

El impulso de Julio es entrar pronto a su encuentro con Magriñá. Sin embargo se detiene. Con una sombra de duda manchándole la mirada, le pide a Tina que le lea por última vez el telegrama, antes que ella vaya a la Oficina de Correos. Tina desdobla un papel que saca de su bolsillo. Se aclara la voz:

—Rogamos desmienta calumniosa campaña iniciada enemigos nuestros. Nunca profanóse bandera. Detallamos correo. Afectuosamente, Mella.

Julio asiente, conforme. Toma a Tina por un brazo, la acerca a él con cierta rudeza. La besa como sólo él sabe besarla. Ella cierra los ojos, hechizada por su olor. Ahí está. Inhala hondo, llenándose por dentro del vigor necesario para seguir respirando un par de horas más. *Bambino*. No quiero dejarte ir. No quiero que entres a ese lugar lleno de humo, de voces agresivas. Dame la mano, déjame entrar completa en tu boca. Quiero llevarte a mi pueblo: un trozo de tierra sembrado de trigo, de matorrales que arden solos por el calor del verano, donde las luciérnagas hacen sus nidos. Es hermoso. Un trozo de tierra que siempre huele a pan recién hecho, a niños jugando. Te invito a conocer la luz que me recibió cuando llegué a este mundo. Contigo soy tan feliz que siento envidia de mí misma, Julio. No me dejes sola, *per favore*. Julio tiene que empujarla con suavidad para separarse de ella.

—Te veo más tarde —promete.

—*Ti voglio tanto tanto bene.*

Julio cruza la calle, rumbo a La India. Tina se queda mirándolo, preocupada, nerviosa, hasta que Julio entra a la cantina y desaparece. Entonces ella parece recordar todo lo que tiene que hacer. Se siente invisible. Inútil. Apretando con fuerza los labios, se aleja haciendo sonar sus tacones sobre el empedrado como única prueba de que aún existe en este mundo.

Apenas el vehículo terminó de dar la curva en un angosto camino de tierra, apareció la construcción: dos pisos completamente hechos de madera, un techo alto y de aguas inclinadas, cuatro ventanas en simétrico orden, de cara a la vegetación.

—¿A poco no parece la locación de una película? —escuchó que alguien comentó dentro de la van.

—Sí, pero de una película de terror —agregó otro desde el asiento del copiloto.

Era una vivienda modesta, cuyo único valor era el sobrecogedor poderío del paisaje que la rodeaba. El terreno parecía recién modelado por manos que se entretuvieron en formar caprichosos acantilados, peñascos, abruptos desniveles y un breve terraplén donde algún intrépido albañil levantó la casa. La altura cimbreante de los árboles aportaba aún más al vértigo general, a esa sensación de fragilidad perenne, como si en algún momento todo estuviera destinado a tambalearse y caer irremediablemente al fondo del precipicio. El simple llanto de un niño hubiera roto el equilibrio precario en el cual parecía transcurrir la vida en ese rincón del mundo. Resultaba tan prodigioso como incomprensible que alguien hubiera elegido trepar hasta esa altura para formar un hogar. Eva se sintió a bordo de un globo aerostático, capaz de rozar con la mano las nubes y los picos de las montañas.

Cuando bajaron del auto, el silencio se hizo aún más persistente.

—¿Están seguros de que el escritor sabe que venimos a verlo? —preguntó el director, algo intimidado ante la falta de movimiento al interior de la casa.

—Anoche le confirmamos —lo tranquilizó alguien que bajaba una caja repleta de copias del guión y la depositaba en el suelo.

Eva se acercó a una de las ventanas, cubierta por lo que parecía ser un ligero tul al otro lado de los cristales. Adentro, la semipenumbra del espacio le hizo recordar la tristeza de un teatro que se ha quedado vacío luego del final de una obra, cuando ya todos se han ido a sus casas e incluso los aplausos han huido en busca de nuevos escenarios. Sin embargo, se presentía una inmovilidad ficticia, como si *algo* la hubiera interrumpido hacía muy, muy poco.

¿Pablo? ¿Dónde está?, se preguntó.

La banca donde está sentada es de madera oscura. A Tina le parece un elemento tan poco atractivo, acomodado sin gracia alguna en ese amplio vestíbulo de la Oficina de Correos. Ya casi no queda nadie. Se oyen lejanos ruidos de máquinas de escribir. Enciende un nuevo cigarrillo con la brasa ardiente del que está a punto de apagar, ya consumido. Un enorme reloj que cuelga en la pared le anuncia la hora, aunque ella intenta sin éxito mantenerse al margen del paso del tiempo: las nueve y veinticinco de la noche. Busca acomodarse una vez más en el escaño, pero no hay caso: la zozobra viene de adentro.

¿Dónde está?, volvió a preguntarse.

Ya tendría que haber llegado. Deja a mitad de camino el impulso de levantarse y atravesar el lobby para salir a su encuentro. Decide seguir esperando ahí, tal como se lo prometió. Agudiza el oído, pero no escucha más que el tictac que le recuerda que ha envejecido un minuto más. ¡Otro minuto! *Dio*, ¿dónde está? Magriñá no es de confiar. ¿Y si todo era una trampa? ¿Y si la invitación para juntarse con él en esa cantina de mala muerte era sólo para caerle encima entre varios asesinos pagados por el dinero sucio de Machado?

—¡Tinísima!

No alcanza a ponerse de pie cuando ya sus manos han cruzado el lugar a grandes zancadas y se han asido a su cintura. *Grazie, Dio.* Tina se le cuelga con urgencia, hunde el rostro en el valle dulce de su cuello algo sudado.

—¿Cómo estuvo, *bambino*?

—¿Ya enviaste el telegrama?

—Sí. ¿Qué te dijo Magriñá? ¿Qué pasó?

—Este lugar no es seguro. Vamos.

Desconfía y acertarás. Claro, qué tonta. Lo había olvidado. Julio no se cansa de repetírselo. Y Julio siempre tiene la razón. Ella no aprende. Su primer instinto es entregarse entera al recién llegado, al hermano que la necesite, al compañero que esté en apuros. ¡Desconfía, Tina! Pero no quiero vivir pensando que todo el mundo pretende hacerme daño. Desconfía, Tina. Salen del interior de la Oficina de Correos. Tina se toma del brazo de Julio, buscando apoyo. Deseaba que alguien la cosiera a ese cuerpo que ella ama más que al propio, al cuerpo de su inspiración. Cosida a él, le duraría para siempre y sería imposible separarlos. Que él la cubriera entera con su espalda formidable y se transformara en caparazón para proteger su pobre cuerpo de gusano.

La noche les chicotea la cara con el olor a lluvia reciente, a ciudad que empieza a dormirse.

—Magriñá me dijo que me están buscando —bufa de pronto Julio y su rabia es aún más vasta que la calle que atraviesan—. Machado envió a México dos asesinos a sueldo. ¡Y lo grave es que el gobierno mexicano los dejó entrar al país…!

Tina se detiene fulminada de terror. Un mortal zumbido le inunda los oídos. ¿Son abejas que me persiguen? ¿Luciérnagas que se han confundido y buscan los pliegues de mi falda para esconder ahí sus larvas? ¿Por eso la luz que me rodea? Se lleva una mano al pecho, se afirma en el muro de una casa. Julio retrocede unos pasos, se acerca a ella.

—El imbécil de Machado cree que soy más peligroso aquí que en La Habana.

—Vámonos, *amore*, lejos —se le escapan las palabras mientras lucha por sacudirse el miedo que se ha trepado sobre sus hombros, como una alimaña de pesadilla.

—¿Adónde? Aquí está la gente que me necesita, Tina. Aquí está el partido, la lucha… Todo va a estar bien. Confía en mí.

El estrépito del tranvía que se acerca hace que Tina, de manera instintiva, se detenga. Va a enfilar sus pasos hacia él, pero Julio la detiene.

—No, no. Vamos caminando. Va a ser más rápido.

¿Hay alguien ahí?

La silueta cruza de un lado a otro. Se camufla en las tinieblas de la esquina: el negro sobre el negro casi pasa inadvertido. No hay nadie más para verla: sólo Eva, que sigue pegada al vidrio de la ventana. Está segura de haber visto a alguien ahí, al interior del chalet. Algo atravesó el espacio del pasillo, internándose hacia lo que supone que son las habitaciones. ¿Pablo? ¿Es él? Voltea para comunicar su descubrimiento, pero ya todos se han subido una vez más al vehículo.

—Nos vamos. El escritor debe haber salido. Ni siquiera contesta el teléfono —le informan.

Entonces Eva comprendió que Pablo Cárdenas había huido a la montaña porque no quería ser descubierto.

40. EXT. CALLE EDIFICIO TINA. NOCHE.

JULIO y TINA dan la vuelta por la esquina de la calle Abraham González.

Pasan caminando rápido bajo la luz de un farol. El silencio de la calle se rompe de pronto porque un VECINO sale del interior del número 22. El VECINO voltea y ve pasar a TINA y a JULIO. El VECINO se sorprende, inquieto: ha visto algo, una figura humana, oculta en las sombras, que viene tras la pareja.

TINA se aferra con más fuerza a JULIO, que va mirando serio hacia adelante. TINA parece percibir algo. Voltea y ve el rostro del VECINO, boquiabierto, asustado. TINA va a voltear hacia el otro lado cuando un disparo resuena. JULIO se sacude. TINA hunde el rostro en el pecho de JULIO. De inmediato otro disparo estalla junto a ellos y JULIO se estremece, siempre de pie.

El VECINO salta hacia adelante para protegerse. Voltea. Alcanza a ver una sombra que se aleja veloz por la calle, y da vuelta en la esquina.

TINA se ha quedado paralizada, aferrada a JULIO. JULIO la empuja hacia un costado y da un par de pasos más hacia adelante, tembloroso. Se lleva una mano al estómago, desde donde comienza a brotar sangre.

TINA abre la boca para gritar, pero su boca no emite ningún sonido. JULIO da dos pasos más, tres, y se desploma.

El VECINO se pone de pie. La VECINA del 19 abre la ventana que da a la calle. Grita al ver el cuerpo de JULIO en el suelo.

VECINA

¡Socorro...!

El grito hace que TINA recobre la conciencia. Se estremece al ver a JULIO en el suelo. La sangre moja la calle.

TINA

¡Julio, Julio, mi amor...!

JULIO levanta la vista, moribundo. Intenta fijar la mirada en ella.

TINA

¡Un médico, por caridad...! ¡Una ambulancia...!

La vecina se mete otra vez a su casa, apurada. Está frágil de salud y no pretende quedarse ahí para contemplar un herido. O peor aún: un cadáver. De pronto la calle se ha quedado desierta. Sólo un cuerpo en el suelo, que intenta abrir la boca para decir algo; otro que sigue de pie: menudo, tembloroso, como si estuviera a punto de rendirse ante tanta sombra de tragedia. Una ráfaga de viento sacude las ropas, el forro del abrigo de Tina, el sombrero de Julio que huye por el empedrado. Y entonces la luz del mundo se apaga, dejándolos a todos sumidos en la más total de las tinieblas.

Dio, ¿estoy muerta?

El descubrimiento de la magia de la luz estará por siempre atado a un recuerdo de su infancia, uno que habla de luciérnagas revoloteando en un matorral nocturno, aún caliente después de tantas horas de verano. Un recuerdo oscuro pero salpicado de parpadeos amarillos. Decenas de pequeños fulgores que de tan continuos se convierten finalmente en persistencia, en trazos que ya no se apagan, que orbitan en torno al ramaje que se dibuja apenas a esa hora de la noche. Le bastó esa imagen para interrumpir el juego, para olvidarse de sus primos que venían tras ella, alborotando, insistiendo para que retomara las correrías a campo traviesa. Pero no. No fue capaz de respirar. No fue capaz de mover un pie. Comprendió que lo de ella sería siempre ver el mundo entero como un matorral que arde de luciérnagas. Y si está aquí, en estos tiempos revueltos, es para usar los ojos y fijar en sus retinas todo aquello que nace del vientre de la tierra. Hay que dejar constancia. Ser alguien. Todo puede ser hermoso, lo feo no hace falta, no, en lo más mínimo.

Son casi las tres de la madrugada cuando Pablo se levanta con un enjambre de palabras alborotando frente a los ojos, entre los dedos. Tom duerme a su lado. A tropezones, aún medio dormido, sale hacia el pasillo y entra a su estudio. Había soñado con una niña, *Assuntina, Assuntina, dove ti trovi?*, que jugaba con sus primos y se había quedado inmóvil de pronto al contemplar el nacimiento de la luz. Con un ligero empujoncito al mouse de la computadora enciende el monitor que también parece despertar con un bostezo. No quiere moverse mucho, para que las palabras que lo persiguen no huyan lejos, como ha estado sucediendo el último tiempo. Tenía una primera frase, y también la segunda. Le habían regalado la idea completa: dos ojos de niña mirando el mundo por primera vez. Ay, Tina. El dolor es que a veces dos ojos no bastan. Y tu gran tragedia es que, con toda seguridad, una vida entera no será suficiente para tanta pasión contenida en un cuerpo tan pequeño.

Pablo Cárdenas no necesitó girar la cabeza para saber que ahí, tras él, en algún rincón de ese estudio de amplios ventanales, estaba ella —ella misma— soplándole al oído las palabras.

SEGUNDO ENCUADRE

CINCO

EL ROSTRO DE UN MUERTO

El mundo entero se ha reducido al pasillo de un hospital: un túnel con olor a cloro que aturde los cinco sentidos. Muros grises que no logran contener el miedo. Baldosas blancas, cansadas de soportar el ir y venir de angustias y esperas. Y nada más. Eso es todo. Hay manos que intentan asirla, llevarla hasta una silla. Pero ella no quiere, no se deja. Ven, Tina, tienes que descansar. Pero sus pies no reaccionan, no se detienen en su esfuerzo de recorrer de punta a cabo el nuevo trecho en que se ha convertido su vida entera. ¿Y Julio? ¿Dónde está Julio? Una voz, ¿eres tú, Luz?, le cuenta que lo están operando, que intentan salvarle la vida. ¿Operando? Quiero que me dures para siempre, *bambino*, como las fotografías que te acabo de tomar. Eso es imposible, Tina. Todos vamos a desaparecer algún día. ¿Es cierto que Julio está en un quirófano? ¿Por qué le abrieron el cuerpo a mi musa? De pronto el olor a café la despierta, aunque nunca ha cerrado los ojos. Alguien ha traído, para animar la noche, para hacer más llevadera la espera. Tina los mira pero no los reconoce. No se reconoce ni ella misma. Se toca el moño, que está a punto de desbaratarse. *Dio*, estoy hecha un desastre, Julio no puede verme así cuando salga de la anestesia.

De pronto se da cuenta de que tiembla de frío. Un brazo le cruza los hombros y ella se arropa contra el cuerpo ajeno, aunque ni se da el trabajo de averiguar a quién pertenece. Desconfía y acertarás, Tina. Pero ella no sabe hacer eso: ella se entrega pronto, busca el calor en otros. Los murmullos son cada vez más altos, a cada minuto se incorporan nuevas voces. Ella se mira las manos: la sangre de Julio aún fresca en sus dedos, en la tela blanca de su blusa. Quisiera lamerse las palmas, como hacen los animales para sanar heridas, para demostrar amor. Alguien comenta que la operación fue un éxito, que a Mella le cerraron la herida de bala. Sin embargo, uno de los proyectiles atravesó la cavidad abdominal, arrasó con órganos, perforó el pulmón y dejó al paciente en estado crítico. Quizá con la misericordia de la virgencita de Guadalupe... Recen, recen mucho. Tina no se atreve a celebrar. No logra comprender si son buenas o malas noticias. Tiene la sensación de que han apagado la luz, aunque nadie se ha acercado a los interruptores. ¿Qué hora es?, quiere preguntar, pero su garganta se ha olvidado de hablar. De hecho, no recuerda nada. Sólo la boca, los ojos tan vivos, las manos que siempre estaban sobre ella. Julio, me enseñaste tantas cosas, pero no me enseñaste nunca a sobrevivirte.

Tina, ¿me oyes?

Es la voz de Julio. La llama desde alguna grieta de ese pasillo de hospital. ¡Te oigo! ¿Dónde estás?

Tina, ¿me oyes?

¡Claro que te oigo, *amore*! Y cuando gira, los ojos abiertos, las manos extendidas, dispuesta a correr en busca de la voz que sólo ella escucha, choca de bruces con otro doctor, uno que nunca había visto, uno que aún conserva su bata con rastros de la operación en los pliegues.

—Ha muerto.

¿Me oyes?

—Sí, te oigo —respondió Pablo y hundió la cabeza dentro del refrigerador, para no tener que enfrentar la mirada de su novio.

—¿Y entonces por qué no me respondes? —lo encaró tratando de no subir el tono de su voz.

Pablo se enderezó y cerró la puerta. Con una fruta en la mano, respiró hondo y giró hacia Tom, dispuesto a recibir lo que suponía sería una descarga de fusil.

—Lo borraste. ¡Borraste el guión de Tina!

—¿Y cómo lo sabes? —devolvió el golpe—. ¿Estuviste revisando los archivos de mi computadora otra vez?

Pablo sabía que responder con otra pregunta siempre le daba unos segundos de gracia. Alcanzó a leer la turbación en Tom, que debió replantearse las preguntas y buscar pronto una contestación que no tenía en mente. Pablo aprovechó el momento y salió al pasillo, escuchando a poca distancia los otros pasos que no lo iban a dejar en paz hasta que confesara la verdad.

—¿Pero cómo pudiste hacer una cosa así? ¿Te volviste loco? ¿Ya se lo contaste a Leslie?

Pablo se metió a su estudio más por un acto reflejo que por una necesidad real de estar ahí. De hecho, no tenía nada que hacer. Aún no sentía las ganas de sentarse frente a su laptop y empezar el nuevo guión de su comedia romántica. Pero apenas cruzó el umbral la vio: de pie, en el mismo rincón donde la descubrió la noche anterior. Faldón negro hasta los tobillos. Blusa blanca de amplio cuello. El pelo azabache abierto en dos aguas, cubriéndole las orejas y atado en un riguroso moño a la altura de la nuca. Tina ni siquiera le sonrió: sólo le clavó una mirada llena de urgencia. Pablo sintió que la sangre se le congelaba en las venas y convertía a su sistema circulatorio en un árbol de hielo.

—¡Eres un *fucking* cobarde, eso es lo que pasa! —le gritó Tom fuera de sí—. ¡No te atreves a confesar que te da miedo escribir esa historia, y que en lugar de seguir adelante lo más fácil es salir corriendo!

Pablo se volvió hacia su novio, esperando algún impresionado comentario por la presencia de la intrusa en el departamento. Pero Tom no dijo nada. No, es obvio que no la ve. Sólo dio un golpe a la pared, descargando su coraje de herida frustración. Tina seguía impertérrita. A la espera, quizá. ¿Había pasado la noche ahí, de pie en su oficina? Tom hizo el intento de retomar la conversación, pero ya no supo qué decir. Desvió la mirada y luego de unos instantes salió hacia el pasillo.

—No sé si vuelva a cenar —lo oyó morder las palabras. Y luego, el portazo. Ése que siempre le ponía el punto final a las conversaciones álgidas entre ellos.

Entonces Pablo caminó hacia la esquina del estudio. Tina no se movió, arrinconada, la vista fija en los ojos del joven que se le venía encima. Ella alzó una mano. Pablo frenó en seco. Se le borraron los colores de la cara. ¿Acaso la habitación entera se había fundido en blanco y negro?

—¿Qué quieres? —fue lo único que atinó a preguntar.

Y entonces se oyó:

—¿Conocidos de Julio Antonio Mella?

La voz se impuso por encima del barullo. Tina alzó la vista y se encontró con un rostro desconocido, completamente ajeno al dolor que hacía nido en el pasillo del hospital. Leyó la autoridad en sus pupilas. Por primera vez en toda la noche descubrió que no temblaba de frío sino de miedo.

—¿Conocidos de Julio Antonio Mella? —volvió a repetir el detective Valente Quintana.

TINA camina unos pasos, acercándose. LUZ, a su lado, avanza para protegerla.

LUZ

¿Quiénes son ustedes?

QUINTANA

Valente Quintana, agente del Ministerio Público. Él es Fernando Rodríguez, jefe de policía.

DIEGO

¿Y qué hacen aquí? ¡Deberían estar en la calle, buscando al que hizo esto...! ¡El hijo de su grandísima puta se llama José Magriñá! Hijo de un banquero cubano que...

QUINTANA

(Lo interrumpe)

Señor Rivera, usted es un gran pintor, el mejor del país tal vez... Lástima que siempre esté metido en medio del desorden.

DIEGO

Lo mismo digo, señor Quintana.

QUINTANA

Me pagan por eso, le recuerdo.

DIEGO

Sí. De mis impuestos, le recuerdo yo a usted.

RODRÍGUEZ

Necesitamos hablar con la persona que estaba con Mella en el momento de los hechos.

TINA

Soy yo.

QUINTANA observa a TINA con detenimiento. Ella mantiene la mirada, firme, entera.

QUINTANA

Venga con nosotros. El director del hospital nos ha facilitado una oficina para entrevistarla, señora.

TINA considera unos momentos. QUINTANA le ha clavado la mirada y no la despega de ella. LUZ toma a TINA por el brazo, pero ella con suavidad le retira la mano. TINA se echa a caminar.

CORTE A:

"El gobierno de Cuba no tiene nada que ver", afirman los diarios mexicanos de derecha. Para ellos, Julio Antonio Mella ha sido víctima de un crimen pasional, digan lo que digan los jerarcas del bolchevismo moscovita. "La feroz y sangrienta Tina Modotti" titula *Excélsior* en primer plana, y su artículo central asegura que la fotógrafa, extranjera comunista de cuestionable decencia, reaccionó con frialdad ante el trágico acontecimiento y posteriormente, en sus declaraciones policiales, incurrió en sospechosas contradicciones. ¿Es ella la culpable, acaso? "La coleccionista de amantes." La policía difunde fotos que muestran desnuda su imperdonable belleza. "Italiana asesina." Para muchos es sólo una mujer perdida, viviendo en un país que no es el suyo.

Eva está sentada frente a un espejo que abarca de techo a suelo, de lado a lado. Su propia sala de ensayos. En la pared ha pegado cientos de páginas de periódicos de la época. También fotografías que la producción se encargó de proporcionarle. Hace un par de días que amaneció con la imperiosa necesidad de vestirse con la piel de Tina, y para eso quiere observarla. Ya mandó a pedir un DVD con *The Tiger's Coat* que su manager va a enviarle desde Los Ángeles. Por ahora está concentrada leyendo material de investigación, y revisando todo documento donde aparezca la imagen de Tina. La postura de las manos. La posición del cuello. Tina siempre parecía estar mirando hacia el suelo, y desde ahí su mirada se elevaba hacia el cielo. A veces adoptaba el aplomo de una bailarina a punto de salir a escena. En otras, el cansancio y el dolor eran tales que su cabeza parecía asomarse agónica de un pantano. El pelo siempre negro, brillante, sujeto en un robusto moño sobre la nuca, partido al medio en un tajo impecable y recto. A Eva le parecía impresionante que la sociedad entera hubiera desconfiado de ella cuando Julio cayó herido de muerte sobre al asfalto de la calle. Era tan obvio que los motivos eran políticos. Un disidente cubano que desde el extranjero intentaba liberar a su isla de un gobierno que consideraba dictatorial. A pesar de ser un estudiante, se había convertido en un poderoso líder, arengando masas y convenciendo a miles con su seducción. Había que eliminarlo. Fue un trabajo simple y muy eficaz. Pero no, el mundo entero se volcó contra ella por el simple hecho de ser distinta. Una mujer con voz propia, con ideas claras y concretas. Una mujer atractiva que generaba las más diversas reacciones en los hombres. No es la noticia: es ella. Tina se convirtió en el hecho más destacado del crimen de Mella, por encima incluso de la muerte y el muerto. Y mientras más se le estrujara, más apasionante se hacía la historia para los miles de lectores que seguían el caso día a día en los periódicos. La presa a cazar era la Modotti, mujer librepensadora que sabía alimentar el morbo nacional con sus desnudos, su colección de amantes, sus declaraciones envalentonadas y esa mirada de mujer que nunca pidió permiso a nadie, lo que la convertía en un animal único en su especie.

La sala de ensayos guardó silencio, como una obediente y respetuosa espectadora. Eva avanzó hacia una mesa lateral donde le habían dejado los implementos que ella había solicitado a vestuario y maquillaje esa mañana. Entonces se calzó la peluca. Se acomodó un enorme faldón negro, que iba desde la cintura hasta los tobillos. Una blusa blanca, de amplio cuello y doble fila de botones. Zapatones oscuros y cansados de caminar calles en busca de inspiración y justicia. Despacio, con plena conciencia del movimiento de su cuerpo, fue girando hacia el espejo que le devolvió la multitud de un mercado mexicano, el griterío de las papayas, los melones, el mamey, los paños de los vendedores llamando a sus clientes, el alboroto de la calle convertida en improvisado tianguis y ahí, al centro, esta nueva Tina recién creada, una Tina que reproduce los gestos de la otra, que camina acostumbrándose a calzar zapatos ajenos, a vestir ropas de otra época. *Dio*, qué mal lo estoy haciendo. El aire se ha cargado con el olor a las verduras, al sudor de los que aparentan pasear y comprar. ¡Acción!, escucha que anuncian a través de un megáfono. Entonces los ochenta años que la separan de aquella otra Tina, la real, se desvanecen juntos con los focos que se encienden y simulan el sol de comienzos del siglo pasado. La calle entera se echa a andar en estudiada coreografía. ¡Güera, güerita, ¿qué va a llevar? ¿Ya vio las ciruelas?

Entonces la actriz voltea hacia Vinicius Duarte, caracterizado como Julio. Su boca: la misma boca. Le sería tan fácil enamorarse de él, alcanza a pensar antes de decir su primer parlamento:

—*Caro*, ¿llevamos también frijoles? —pregunta, imitando un acento en el cual las palabras cantan como lluvia alegre en un tejado.

JULIO

Sí. Pero del frijol negro. Con el que hacemos el congrí en mi Cuba.

LUZ

¿Y eso qué es?

Eva gira hacia la actriz que hace de Luz Ardizana, y que camina junto a ella a lo largo del pasillo que perfuman los chiles y jitomates cubiertos de vaselina, para que brillen por horas como recién lavados. Se detienen en la marca exacta para que los dos potentes reflectores, camuflados tras un par de troncos de jacarandá, iluminen sus rostros y eviten todo rastro de sombra.

—El Congrí es arroz con frijoles negros —y agrega con una risita de niña—: Julio dice que va a cocinar. ¡Vamos a ver si es cierto!

Entonces avanza hacia uno de los vendedores, enfrentando al extra que también ensayó su parte esa mañana y que suda nervioso, poco acostumbrado a estar rodeado de estrellas.

—Voy a llevar frijoles negros, *per favore*.

LUZ

¿Y cuánta gente va esta noche...?

JULIO

No sé, mucha, mucha gente. Somos muchos los que vamos a celebrar que estamos viviendo juntos. Espero que quepamos todos en la azotea.

JULIO se acerca a un mesón donde exhiben cuelgas de plátanos.

JULIO

¡Y vamos a hacer plátanos fritos...! ¡Y yuca con mojo! ¡Y croquetas...!

JULIO se aleja unos pasos. TINA lo mira alejarse en lo que recibe los frijoles que le pasa el VENDEDOR. LUZ la encara, algo desconcertada y molesta.

LUZ

Pero tú hoy en la noche ibas a fotografiar a los de las Juventudes Comunistas. ¿No vas a ir...?

TINA no responde. Sólo sigue con la vista a JULIO, que camina entre los mesones de frutas y verduras.

LUZ

¿Los vas a dejar esperando?

TINA no responde. Se aleja, siguiendo a JULIO.

Cuando se ve solo, el VENDEDOR endurece la mirada. Se quita la primera capa de ropa, y la lanza al suelo. Debajo, está bien vestido. Se acerca a un CAMPESINO sentado en el suelo, cerca del puesto. El HOMBRE se mete la mano al bolsillo y saca unos billetes que le lanza al CAMPESINO.

HOMBRE

Ya puedes seguir vendiendo.

El HOMBRE se aleja, perdiéndose entre la gente que llena el mercado.

—¡Corten!

Eva se quita veloz la peluca que oscurece sus cabellos. Mientras algunos se felicitan por el éxito de la ambientación de época, y el director se enfrasca en una discusión destinada a mejorar la iluminación lateral que no lo convenció del todo, Eva atraviesa la calle, esquiva cámaras, curiosos que se codean emocionados al reconocerla, asistentes que salen a su encuentro para preguntarle si necesita algo en que puedan ayudarla, y corre directo hacia su camerino personal improvisado en un *motorhome* que la producción le alquiló. Cierra la puerta con llave por dentro. Y comienza a llorar, no por ella, sino por Tina. Porque sin saberlo, la fotógrafa estaba viviendo las últimas horas junto a su Julio. El amor de su vida. Se lleva las manos al vientre, y trata de controlar sus ganas de llamar a Willy al celular y repetirle que lo ama hasta que la requieran para seguir filmando. La cercanía con la tragedia le llena de vértigo las vísceras, incluso aunque se trate de ficción. Ahí están otra vez. Todos sus miedos, esos que viajaron con ella desde Los Ángeles. *Shit*. Tanta inseguridad contenida en un cuerpo tan pequeño. Quiero que me dures para siempre, Willy, aunque sea imposible. No sé qué voy a hacer el día que tengamos que filmar la muerte de Julio, se dice. Y todo lo que vino después.

Antes de meterse al baño para lavarse la cara, deja la peluca sobre la mesa de la cocina: una cabeza completamente fuera de sitio, casi impúdica, como tiene que haberse visto el pelo de Tina cuando se vio obligada a bajar al propio infierno de su existencia.

Eso era todo lo que quedaba de él: un pantalón negro, un saco, una camisa con dos agujeros, un par de tirantes, un abrigo gris, una libreta con su letra, un periódico doblado. Tina quiso llorar, pero no pudo: ¿por qué no lo conocí antes? Se me fue el tiempo en tonterías. Estoy avergonzada de mí. ¿Qué voy a ser ahora? ¿Cómo voy a enfrentar el mundo a través de mi Graflex, sin la ayuda de Julio a mi lado? ¡La inspiración no debe morir! Frente a ella, un oficial terminó de echar la ropa de Julio dentro de una bolsa y salió de la habitación. Y así, con el simple acto de atravesar el umbral y cerrar la puerta tras él, la separaron para siempre del amor de su vida.

Esa noche, Pablo se quedó esperando inútilmente que se abriera la puerta de su departamento, allá al final del pasillo. Pero Tom no regresó a dormir. Entonces Pablo apoyó la cabeza en el hombro de Tina, sentada a su lado. Quiso llorar, pero no pudo.

SEIS

DESCONFÍA Y ACERTARÁS

—¿Puedo fumar…? —pregunta, y su voz rompe el silencio de la sala.

Las sombras de Valente Quintana, agente del Ministerio Público, y de Fernando Rodríguez, jefe de policía, dibujan dos animales en la pared. Así los ve Tina: oscuros y peligrosos como un mal augurio.

—¿Puedo fumar? —repite.

Quintana asiente mientras se prepara para el interrogatorio. Sus dedos son largos y delgados: dedos de pianista o de artista. A Weston le hubiera gustado fotografiar esas manos en diferentes posturas, se sorprende pensando Tina. Dedos de roedor de sótano, de animalito rastrero que hurga en la basura hasta encontrar lo que desea. Dedos de criatura que infecta a otras y que muerde hasta matar.

—¿Nadie me ofrece un cigarrillo…?

Rodríguez hace un gesto que denota su poca paciencia, y se aleja unos pasos. Quintana, por el contrario, se acerca a ella y le extiende uno. Se lo enciende. A Tina le tiemblan las manos.

—¿Por qué está tan nerviosa?

—Estoy cansada —contesta, aprendiendo a mentir.

—¿Cuál es su relación con Mella?

—Soy su compañera —y se estremece, sabiendo que ya no lo es más.

Entonces Rodríguez arremete con la voz sacudida de cansancio y ganas de terminar con todo ese desastre lo antes posible. ¡Carajo, ya son las tres de la madrugada! En dos zancadas queda frente a ella, con su envergadura de ave de rapiña anticipando lo que parece un graznido:

—Su nombre.

Tina tiene una ligera vacilación. Sigue mintiendo:

—Rose. Rose Smith Saltarini.

Rodríguez escribe en una libreta. Quintana no le quita los ojos de encima: se pasean por su cuello, se deleitan en el nacimiento de sus pechos, en las pantorrillas torneadas que la falda deja entrever. Tina fuma, lento, apretando el cigarro contra sus labios: sabe que ese hombre que tiene enfrente ya dejó de pensar en la investigación y que de ahora en adelante sólo se va a dedicar a contemplarla. Como todos.

—¿Edad? —arremete Rodríguez.

—Veintidós años. ¿Qué más necesitan de mí?

—¿Por qué está tan nerviosa? —ahora es Quintana el que entra al ruedo.

Dio, esto es el baile del ratón y el cuervo. Un festín caníbal para sus estómagos hambrientos.

—Ya contesté esa pregunta.

—No, todavía no la contesta.

—¿Lugar de nacimiento? —lanza su dardo Rodríguez sin darle tiempo a esquivarlo.

—Eh… San Francisco, California. Quiero saber cuándo me entregan el cuerpo de Julio.

—¿A qué se dedica?

—El cuerpo de Julio…

—¡Conteste!

—Soy profesora de inglés. ¿Ya me puedo ir?

Las sombras en la pared se detienen. Las alas de una se aquietan, la cola de la otra se repliega sobre sí misma. Entonces escucha:

—El cuerpo de Julio Antonio Mella queda a cargo del Servicio Médico Forense y ya fue trasladado al Hospital Juárez, para que se le realice la autopsia correspondiente.

Cuando la autorizan a abrir la puerta, a las tres y veinte de la madrugada, sólo han transcurrido quince minutos de interrogatorio. Pero la Tina que es recibida por el expectante tumulto de amigos, compañeros y correligionarios, tiene al menos diez años más de dolor sobre sus hombros. Y cuando en un descuido se ve reflejada en los cristales oscuros de las puertas de salida, ni ella misma es capaz de reconocerse.

El timbre del teléfono endereza a Eva en la cama del hotel. Lo primero que hace, incluso antes que levantar el auricular, es mirar el reloj luminoso de la mesita de noche: las tres y veinte de la madrugada. Y como la experiencia le ha enseñado que cuando alguien llama a esa hora siempre es para dar una mala noticia, no puede evitar que el corazón se le trepe hasta la garganta. Willy se mueve a su lado, cubriéndose la cabeza con la almohada. Le da un par de palmaditas en el hombro, tranquilo, *honey*, no es nada, pero ni ella misma se lo cree. Entonces toma el auricular, suspendiendo el repicar de la campanilla.

—*Hello?* —pregunta con voz que sólo delata un inclemente miedo nocturno.

Al otro lado de la línea, alguien se ha quedado en completo silencio: Eva identifica claramente una respiración humana que no responde y que tampoco ha cortado la llamada. Alguien está dejando transcurrir los segundos. Y ya son tantos que a Eva empiezan a dolerle en el tímpano.

—¿Quién es?

Willy vuelve a girar sobre sí mismo, mascullando algo con la boca hundida en las plumas sintéticas de la almohada. Eva entonces se pone de pie y, con el teléfono en la mano, se encierra en el baño. En esta nueva oscuridad, el mundo entero que le llega hasta su oreja empieza poco a poco a delinearse: hay grillos. Muchos grillos. Si pone atención, se escucha también el roce del viento contra… ¿las ramas de un árbol? ¿Las cortinas de una ventana?

—Si no me dice quién es, voy a cortar —advierte.

Pero la amenaza no da resultados. Quien quiera que esté llamándola a esa hora de la madrugada, no se deja amedrentar. Ni siquiera altera su respiración: ahí sigue, intacta. Un vaivén acompasado, inhalando y exhalando toda la confianza del mundo.

Cuando Eva levanta la vista, choca con su propio rostro en la penumbra del espejo. Ver su cara dibujada por oscuros brochazos de sombra le trae a la mente las fotografías de Tina, en especial el retrato que Edward Weston le hizo y que ella contempló por largas horas en el Museo de Arte de San Francisco. ¿Quién la está llamando? ¿Qué quieren decirle? Y lo más importante: ¿qué hubiese hecho Tina en una situación así? Desconfía y acertarás. ¿Quién le enseñó eso? ¿Fue acaso la misma Tina?

JULIO

Desconfía, Tina. Desconfía siempre. No seas ingenua.

Segundo diálogo, página cinco del guión. Habían filmado la escena esa misma mañana. El brasileño repitió su parlamento mirándola a los ojos, permitiéndole que ella construyera su emoción a partir de ahí. Eva tenía la Graflex de utilería en la mano y simulaba fotografiar desde lo alto a unos campesinos que leían un ejemplar de *El Machete*. Julio había creído ver a alguien vigilándolos a la distancia: una silueta que llevaba demasiado tiempo en aquella esquina, haciendo nada. La tomó por la mano. La obligó a bajar, a guardar sus cosas para irse de ahí lo antes posible. Es sólo un hombre en una esquina, Julio. No quiero vivir pensando que todo el mundo pretende hacerme daño. Desconfía, Tina. Desconfía siempre. No seas ingenua. Un hermoso y decisivo diálogo recreado por el guionista de la película y que ella actuó con total compromiso. ¿Habrá sido un episodio verídico entre la italiana y el cubano, o será sólo producto de su imaginación de escritor? Entonces le llega la idea. Se asusta de sí misma. No, no puede ser. ¿Pero y si está en lo correcto? Aprieta con fuerza el teléfono en su mano y deja que su propia voz —¿la de ella, la de la otra, las dos juntas?— se le adelante y pronuncie lo que parece sólo una locura:

—¿Pablo? ¿Eres Pablo Cárdenas?

De manera instantánea la comunicación se corta. Desaparecen de cuajo los grillos, el soplido tenue del viento y aquella respiración que estaba empezando a decirle algo con su prolongado silencio. Era él. Eva voltea y ve que su propia imagen, hecha fotografía en blanco y negro en el marco del espejo, asiente confirmando la sospecha: Pablo Cárdenas acababa de cortarle la llamada.

¿Por qué? ¿Para qué?

—No lo sé, Tina. Resignación.

Tina está junto a Luz, que no tiene más respuestas para darle. Las dos se han refugiado en una esquina poco iluminada del Hospital Juárez, donde han llevado a Julio para la autopsia. Tina tiene su Graflex en las manos. La aprieta como a un hijo contra su pecho, protegiéndola del revuelo de visitantes, curiosos y periodistas que alborotan al otro lado del pasillo. Diego Rivera discute con un funcionario de la morgue: un hombre tan desteñido e inútil como el delantal que lleva puesto. A su alrededor, un puñado de intrusos arengan la contienda con afirmación y movimientos de cabeza.

DIEGO

¡Queremos el cuerpo ahora!

FUNCIONARIO

Es contra la ley.

DIEGO

Por lo menos permita que su compañera entre a verlo.

FUNCIONARIO

Mi superior está discutiendo eso con el jefe de la policía.

DIEGO

¿Qué va a pasar con Julio?

FUNCIONARIO

Después de la autopsia se lo entregan a los familiares.

DIEGO

¡Esto es un abuso, llevamos horas aquí esperando y nadie nos dice nada!

FUNCIONARIO

¿Quién es la responsable del muerto?

DIEGO

La señora... Bueno, todos somos responsables. ¿Por qué?

FUNCIONARIO

Hay que firmar varios papeles.

DIEGO

Démelos a mí. Yo me hago cargo de eso. ¿Cuánto se van a demorar?

FUNCIONARIO

Paciencia. Hay más muertos además del suyo.

Otro empleado se asoma por las puertas del lugar, vestido de mascarilla y delantal. Junto a él se cuela el vaho tétrico del formol que dispersa al grupo, y obliga a unos a taparse nariz y boca. El hombre le hace un gesto afirmativo a Diego, que de inmediato corre a buscar a Tina.

—Ya puedes entrar a verlo —la anima.

Tina se pone de pie. Luz hace el intento de recibirle la cámara fotográfica, pero ella niega con la cabeza. Al contrario, la abraza con más fuerza. La presión de su Graflex contra el pecho es lo único que le recuerda que aún está viva, aunque el dolor la haya trepado en una cuerda floja que amenaza siempre con dejarla caer al vacío. Allá voy, *bambino*. Voy a darte ese beso de buenas noches que no alcancé a regalarte cuando la muerte te dio su estocada final, aún tomado de mi brazo. ¿Me oyes, Julio?

El lugar está silencioso, hundido en la penumbra. Hay ruidos de gotas de agua, de pasos lejanos. En medio del salón hay una plancha metálica. Sobre ella se adivina un cuerpo humano cubierto por una sábana. En torno al muerto hay un grupo de enfermeros que terminan de limpiar el lugar. El hombre que la acompaña avanza hacia el centro de la habitación, pero Tina se detiene. No está. El olor a Julio se ha ido.

—No chingue, señora. Después de todo el alboroto que armaron allá afuera, ahora usted se me acobarda.

Sin previo aviso, el hombre lanza hacia atrás la sábana dejando el cadáver de Julio al descubierto. Su piel ha adquirido la textura del granito. Sólo la intacta perfección de sus labios recuerdan que alguna vez ese enorme cuerpo hecho de piedra estuvo vivo. Y amó. Y besó. Un costurón mal remendado le corre desde el mentón hasta el vértice de las piernas. Tina intenta llorar, pero sigue sin conseguirlo: se me fue el tiempo en tonterías, ¿por qué no lo conocí antes?

—Nunca había visto que retrataran a un muerto —dice el hombre señalando la Graflex.

Tina mira a Julio con infinita ternura. Aquí estoy, *caro*. No tienes nada que temer. Como puede acomoda la cámara y mira a través del visor. Lo ve durmiendo un sueño profundo, a punto de convertirse en luz y sombra. A instantes de formar parte de ese misterioso proceso que fija la vida a un negativo, y la condena a la eternidad. Quiero que me dures para siempre, Julio. Tina sólo deja de temblar cuando dispara el obturador. Ya está: su arte ha vencido el olvido.

—Bueno, ahora tiene que salir de aquí.

Desobediente, Tina se acerca aún más al cuerpo de Julio. Estira con suavidad una mano hacia su rostro. Uno de sus dedos roza la mejilla opaca y, al hacer contacto, lo retira de inmediato. Acaba de tocar un despojo, un pedazo de noche que ya nunca volverá a amanecer. Julio se ha ido. Ése que está ahí no es él. Y aunque la sábana vuelve a cubrir aquel cuerpo que dicen que era suyo, Tina sigue viéndolo repetido en cada rostro que sale a recibirla al pasillo de la morgue.

Por un instante Pablo pensó que era Tina la que se había metido en su cama. Pero cuando alzó la cabeza, alertado por la sábana que se levantó de pronto y dejó al aire una franja de su espalda, alcanzó a verla en la esquina de la habitación, en silencio, con los brazos colgándole a cada lado del cuerpo, la mirada fija en él. Tal como la había dejado antes de dormirse. Sin embargo, esta vez no se sorprendió de verla. De alguna manera ya se estaba acostumbrando a su presencia, aunque aún no supiera qué quería de él. Por el contrario, sí se impresionó de ver a Tom, que se había quitado la ropa, y que se deslizó a su lado. Pablo trató de decir algo —tenía tantas preguntas después de casi dos días de desaparición— pero su novio no lo dejó hablar. Sintió su lengua entrar en su boca, las manos que le rodearon el cuello, la rodilla que se abrió paso entre sus piernas para separarlas. Ésa era su manera de pedir perdón, de rogarle clemencia, de confesar sin palabras que había sido un estúpido al reaccionar de ese modo yéndose del departamento para castigarlo por haber borrado el guión de cine. Pablo cerró los ojos, pero siguió viendo la imagen de Tina. ¿Qué estaría pensando ella de su falta de carácter? Tom se le trepó encima, empujándolo hacia el colchón para acomodársele entre las caderas. ¿Habría sometido de ese modo Julio a Tina? No era difícil imaginárselos incendiando la tarde con sus retozos de amor. Él era cubano, tenía el fuego en la sangre. Ella era la mujer más ardiente de su época.

Creyó escuchar un *I'm sorry* que le llegó deshilachado a las orejas. *I'm sorry, I'm sorry, I'm sorry*, y así siguió un buen rato, hasta que Tom necesitó la lengua y los labios para asuntos más importantes que repetir un par de palabras que ya no querían decir nada. Estoy siendo cínico, pensó Pablo, pero no le importó. ¿Cómo habrán sido los besos de Julio? Y cerró los ojos para imaginar que esa nariz que hurgaba en su ombligo era aquella otra nariz, la del perfil de Adonis. ¿Era Tina la que se reía? ¿Se burlaba de él, por haber caído también bajo el influjo de su *bambino*? Por una fracción de segundo tuvo la certeza de saber que por fin había comprendido qué lo unía a Tina Modotti: tanta pasión contenida en un cuerpo tan pequeño. Pero no pudo seguir adelante con su reflexión: Julio Mella lo acomodó en la cama con una embestida de amante experimentado y Pablo no tuvo más remedio que dejarse hacer, convencido de que esa noche iba a ser inolvidable.

El cartel cruza de lado a lado la construcción: "Partido Comunista de México" se lee en enormes letras mayúsculas. Más abajo está escrito "Sección de la Internacional Comunista". Decoran cada lado del letrero una estrella roja que contiene en su interior una hoz y un martillo. El edificio, situado en la calle Mesones número 54, tiene tres pisos y abarca una cuadra entera. En la planta baja, lo acompaña el permanente barullo de una cantina llamada La Vaquita, donde a veces los compañeros militantes van a tomarse unos tragos. Sobre la taberna están las oficinas de *El Machete*, el periódico para el cual Julio escribía sus artículos y donde Tina publica con regularidad sus fotografías: retratos que debían ser una bofetada a la conciencia del burgués, como le pidió su editor al contratarla. Pero hoy, el ruido de la prensa mecánica no se escucha, ni tampoco el golpeteo frenético de las máquinas de escribir. No hay risas de borrachos en La Vaquita, ni conversaciones de cuates que intentan arreglar el mundo. Hoy el edificio entero está de luto: en uno de sus salones, al centro mismo de sus entrañas de ladrillo y cemento, descansa el féretro del camarada Mella. Hay cuatro cirios, uno en cada punta del ataúd. Paños rojos y negros cubren los muros, las ventanas. Todo está en penumbras. Hay carteles anunciando la presencia y el apoyo del Socorro Rojo Internacional, de la Liga Antiimperialista de las Américas, de la Liga Nacional Campesina, de la Federación Comunista de México. No cabe un alma más. Los fotógrafos y reporteros que intentan cubrir la noticia se abren paso como pueden, a golpes de codazos y de influencias.

De pronto se produce un hondo silencio y todas las miradas se dirigen hacia la puerta: Tina acaba de entrar. Luz viene un paso más atrás. La viuda de Mella, murmuran algunos. La compañera Modotti. La misma que ni siquiera se cambió de ropa. Su blusa blanca luce un manchón de sangre, pero a ella no le importa: es su sangre, lo único que le dejaron de él.

Tina avanza en silencio hacia el féretro. Nadie se atreve a hablar. Luz le amarra sobre la manga del bíceps izquierdo un brazalete negro con una estrella roja.

—Mira, Lucha —susurra con una voz que parece llegar desde otra orilla—. Ahí descansa el muerto más amado del mundo.

Y no se rinde, estoica. Lo único que delata su enorme desconsuelo es su mano al acariciar con temblorosa suavidad la madera.

—¿Me vas a acompañar a la marcha?

Pablo interrumpió el sorbo de café para observar a Tom, vestido sólo con una camiseta de la universidad de Nueva York. Estaban echados sobre la cama, uno leyendo el periódico matutino y el otro esperando el mejor momento para formular su pregunta.

—¿Cuándo es? —retrucó Pablo, sabiendo que eso le daba algunos segundos más para pensar una buena respuesta.

—El próximo sábado. *Please*. Acompáñame.

Tom le hizo ver lo importante que era para él su presencia en la actividad. Era el tercer año consecutivo que formaba parte de las comisiones organizadoras, y de alguna manera el hecho de atravesar en completa soledad el mar humano de gente que desbordaba la avenida Reforma siempre terminaba siendo una experiencia más triste que placentera.

Pablo sopló su taza. Se mordió el labio inferior. Quiso preguntarle su opinión a Tina, pero ella desvió los ojos en el momento justo que él volteó a mirarla. Qué podía saber el fantasma de una fotógrafa de comienzos del siglo anterior sobre desfiles de homosexuales gritones y afectados. Qué podía saber Tina Modotti sobre la vida que a él le tocó vivir.

—Está bien. Voy contigo —se oyó decir.

Y junto con fingir alegría por el eufórico abrazo de Tom, comprendió que había errado su respuesta. Incluso Tina negó con la cabeza, en completo desacuerdo.

55. INT. SALÓN PARTIDO COMUNISTA. DÍA.

DIEGO está rodeado de reporteros que lo fotografían y anotan lo que dice. Habla con vehemencia mientras sacude un ejemplar de *El Machete*, con la fotografía de JULIO en la portada, y un titular de grandes letras que dice "Asesinado".

DIEGO

¡... y es por eso que desde aquí, y aprovechando esta tribuna, le exijo al presidente Portes Gil que se pronuncie en torno a este vil asesinato político...! ¡México siempre ha sido, es y será un país que acoge al hermano extranjero! ¡No podemos permitir que este crimen quede impune...! ¡Claro que no!

Los presentes rompen en sonoros aplausos y vítores. Muchos gritan "Viva Mella, viva Mella".

DIEGO

¡Todos sabemos que el responsable de este asesinato es Gerardo Machado, presidente de Cuba! ¡Recogemos todo el odio que Mella sentía por la tiranía machadista y, con toda mi fuerza, aseguro que hoy cada uno de nosotros ha ganado un enemigo más!

Luz atraviesa el salón, algo sofocada por la muchedumbre. En su mano trae un cardenal rojo, al igual que todos los presentes, para depositar en la fosa abierta del cementerio que espera por Julio. Se acerca a los compañeros que están haciendo guardia en la puerta. Uno de ellos se seca el sudor del mediodía implacable con un pañuelo.

—Tenemos que salir pronto de aquí. Hay demasiada gente y esto se nos puede escapar de las manos.

—Ahorita se acaba —responde Luz—. ¿Y Tina?

—Fue a su casa, a cambiarse de ropa —le contestan.

El estómago le da un brinco, anticipándose a una mala noticia. Y a ella la intuición nunca le falla: por eso se asusta. ¡Tina...! Cuando va a salir rumbo a la calle, un par de manos la detienen. Al voltear, se encuentra cara a cara con la portada del periódico *Excélsior*. Hay dos fotografías, una de Tina y otra de Julio. El titular vocifera a toda mayúscula: "Crimen pasional".

—Está en toda la prensa —le confiesan—. Y Tina aparece siempre como la principal sospechosa.

—¡Chingada madre...!

Luz quisiera seguir gritando. Pero su reclamo queda oculto bajo el intenso manto de la voz de Diego Rivera, que sigue en su discurso:

—¡Y caminaremos por las calles en este día de luto, para que el pueblo entero nos acompañe hasta dejar a Mella en su última morada! ¡Viva México! ¡Viva Julio Antonio Mella!

58. INT. ESCALERAS EDIFICIO TINA. DÍA.

TINA está terminando de subir los cinco pisos hasta su departamento. Se detiene al ver la puerta abierta. Un POLICÍA bloquea el paso. TINA se afirma del barandal de la escalera, lívida. Por un lado del cuerpo del POLICÍA alcanza a ver a un par de agentes que están vaciando los cajones, revolviendo los papeles, hurgando en las esquinas y entre los muebles. Varias de las fotografías de TINA están tiradas en el suelo, y son pisadas por los agentes.

POLICÍA

Siga, siga, señora. No puede quedarse aquí. Váyase a su casa.

TINA

¿Qué... qué fue lo que pasó...?

POLICÍA

Un crimen de amor, parece. Una mujer mató a su amante.

Reacción de TINA, que no puede creer lo que oye.

POLICÍA

¿Usted vive en el edificio...?

TINA

Eh... sí...

POLICÍA

¿Y no la conocía? Los vecinos dicen que era una mujer de vicios. De ésas que traen los malos modales de afuera.

A TINA se le arrasan los ojos de lágrimas. Como puede, se da la media vuelta y se echa a correr escaleras abajo ante la mirada sorprendida del POLICÍA.

CORTE A:

Tina baja de dos en dos los peldaños hacia la planta baja. Su departamento entero está invadido de policías e intrusos. Ultrajan sus pertenencias. Julio jamás hubiera permitido un atropello como ése. Ella tampoco lo va a aceptar. Tendrá que luchar cara a cara contra la tiranía, hasta recuperar lo que le pertenece. No va a dejarse pisotear. Va a defender con uñas y dientes su hogar, que tanto ha aprendido a amar: las tres habitaciones estrechas, atiborradas de recuerdos y olores de todos los países donde ha vivido. Le gusta su azotea mexicana. No existe placer más grande que matar las horas quitando las flores muertas de sus geranios para después olerse los dedos fragantes a primavera y vida. Pero ahora nada de eso existe. Un zarpazo brutal le arrebató a su amor, y ahora también la deja sin casa. Recuerda lo que dijo Nietzsche: lo que no te mata, te fortalece. Tina se precipita hacia el exterior y alcanza la calle Abraham González. La luz del sol la ciega por un instante. Y ahí, al centro de ese estallido de fuego blanco, se dibuja la silueta: sombrero de fieltro, hombros estrechos, dedos largos y delicados. Tina se detiene, hace visera con el brazo. ¿Quién es? ¿Quién se acerca a ella? Cuando lo reconoce, ya es muy tarde. La mano ya se le ha venido encima. Una tenaza la inmoviliza. Y entonces el detective Valente Quintana procede con el aliento cargado a café y deleite vicioso:

—Queda bajo arresto, señora Rose Smith. ¿O prefiere que la llame Tina Modotti?

SIETE

MUJER INFINITA

Tina recuerda y repite cada palabra de la sentencia:

—A partir de ahora está bajo prisión preventiva. Dos agentes se turnarán para custodiarla. No podrá hacer abandono de este departamento a no ser que sea exclusivamente para prestar declaración, y siempre lo hará bajo vigilancia policial. ¿Está claro, señora Modotti? A ver si así evito que siga cometiendo errores.

Quisiera ser alta, treparse a una mesa, estirarse las piernas como goma elástica, que su cabeza chocara contra el techo y que el edificio entero le quedara estrecho a su nueva dimensión de coloso. Está segura de que su vida sería muy distinta si no fuera tan menuda. El hijo de puta de Valente Quintana tendría que mirarla con otros ojos, y de inmediato dejaría de llamarla *señora Modotti* con ese tono que acusa de todo menos respeto. No tendría que soportar que se prendiera de sus pechos cada vez que se dirige a ella. ¿Pensará que por ser mujer no es capaz de leer la lujuria en ese par de pupilas de cerdo? Y ella, monumental en su nueva altura de diosa, podría aplastarlo con la mano abierta y sin ningún remordimiento: así es como los gigantes resuelven los problemas. Después, se limpiaría los restos de vísceras en la ropa, y haría una fogata en la calle para quemar todo rastro de tiranía y abuso. Se iría a vivir lejos, a las montañas, donde el viento y las nubes serían sus amigos. Le sería fácil encontrar un lugar parecido a su Udine que tanto extraña, sobre todo en situaciones como ésta. Le bastaría con buscar una enorme planicie de campos extendidos, enmarcada a lo lejos por la silueta de lo que ella imaginaría eran los Alpes. Eso no sería una dificultad. Con su nueva altura desmedida, podría ver los dos hemisferios del mundo con sólo abrir los ojos cada mañana. Ahora sí les daría motivos para que la consideraran distinta. La especial. ¡Miren, allá va el fenómeno! ¡La mujer infinita! Pero las cosas no son así: sus extremidades son breves, su cuerpo apenas se empina por encima de los muebles que la rodean, nunca sobresale cuando está junto a otras personas. No sólo eso: es minúscula. Una simple mota de polvo que Quintana se quita de encima con un ligerísimo golpe de sus dedos de artista y que, con la punta del pie, lanza lo más lejos que puede. Y ella rueda. Y cae. Y se queda ahí, desmadejada y medio muerta sobre los restos de lo que fue algún día su propio refugio.

62. INT. RECÁMARA TINA. DÍA

La puerta de la recámara de TINA se abre y entra primero el AGENTE. Luego entra TINA.

AGENTE

Si necesita salir al baño, me toca.

TINA no responde.

AGENTE

¿Me oyó?

TINA tampoco responde. El AGENTE sale del dormitorio y cierra con llave desde afuera. TINA mira todo a su alrededor, como si fuera la primera vez que lo ve. Entonces descubre los zapatos de JULIO que se asoman bajo la cama: solitarios, inútiles. TINA, por primera vez, estalla en un llanto que la sacude entera, que la lanza al suelo y que la hace gritar de dolor.

CORTE A:

Eva despliega sobre la cama de su cuarto el multicolor y actualizado plano de la Ciudad de México que acaba de comprar en la tiendita del hotel: Tlalpan, Coyoacán, Miguel Hidalgo, Iztapalapa y las demás delegaciones abarcan los cuatro puntos cardinales de su colchón. Willy se asoma por encima de su hombro.

—¿Y no es más fácil que le pidas a la producción que te lleve a la casa del escritor? —pregunta, algo preocupado.

Pero Eva le explica que no puede hacer eso. Que está segura de que Pablo Cárdenas sólo quiere verla a ella, y a nadie más que ella, por una razón que todavía no entiende pero que está dispuesta a descubrir. Conducir en Ciudad de México no debe ser más difícil que recorrer los *highways* de Los Ángeles. Además, ya habló con la gente del *front desk* y le están resolviendo el tema del alquiler de un coche bajo un nombre ficticio para que nadie se entere que piensa abandonar el hotel con rumbo desconocido. Willy intenta decir algo, pero Eva se le adelanta poniéndole un dedo sobre los labios. Ya tomó la decisión. Esto es algo que ella tiene que hacer. Es como si la mismísima Tina Modotti se lo hubiera pedido. Su marido no puede evitar esbozar una incontenible sonrisa, que a Eva le parece más una mueca de burla. Por eso no responde, y devuelve la mirada hacia el mapa que poco a poco está comenzando a descifrar. Recuerda la explicación que el asistente de producción le fue dando, cuando la llevaron al chalet de Pablo hace un par de días: la van había tomado el antiguo camino al Desierto de los Leones, accediendo a él por la lateral del Anillo Periférico, a la altura de la colonia Altavista. Su uña —con ligero barniz natural y un poco de brillo mate, ya que Tina no se las pintaba de colores— señaló el punto exacto en donde debía girar para empezar a subir hacia la cima. Recordaba también una gasolinera, un puente, un enorme muro pintado con propaganda política del Partido Verde local: "Este 2008, deja que la ecología sea tu única preocupación". Esos hitos deberían bastarle para llegar a su destino. Con un poco de suerte y buena memoria no se tardaría tanto en trepar hasta la casa del guionista de la película.

—Déjame acompañarte —pide Willy, sabiendo de antemano que no le van a permitir subirse al auto rentado.

Eva toma sus gafas oscuras de la mesita de noche, su cartera, la tarjeta magnética para abrir la puerta de la habitación, el teléfono celular. Dobla el plano hasta dejarlo reducido a un cuarto de pliego, y se lo mete al bolsillo. Recién entonces descubre que su marido está mirándola en silencio, aún a la espera de una respuesta que ella no ha querido darle.

—Nos vemos más tarde, *honey*. Voy a estar bien —dice, y lo besa.

Pero Willy le pone una mano en la espalda, entre los omóplatos. Con suavidad la empuja hacia su pecho y la inmoviliza unos instantes. Eva cruza los brazos por encima de aquellos hombros formidables y se queda ahí, escuchando el sonido del único corazón que ama por encima de todas las cosas y que ha estado latiendo los últimos cuatro años sólo para ella. Alcanza a darse cuenta de que el momento se parece a la despedida de Tina y Julio, frente a la cantina La India, cuando él entró a su cita con Magriñá y ella fue a mandar el telegrama a la Oficina de Correos. Un par de horas después, Mella estaba agónico en la calle Abraham González, y Tina se hundía en lo que sería la noche más larga y más oscura de su vida. Asustada por la comparación, Eva echa un poco la cabeza hacia atrás, buscando los ojos del hombre que la arropa.

—Voy a tratar que mi reunión con el escritor sea lo más corta posible —promete ella.

—¿De verdad tienes que ver a ese tipo?

—No tengo alternativa.

Willy sabe que no vale la pena insistir. Por eso la libera de su abrazo, da un paso hacia atrás, le separa los cabellos amarillos que ella ha peinado con esmero esa mañana y la besa en el centro mismo de la frente.

—Te veo más tarde.

—*Ti voglio tanto tanto bene* —contesta la actriz, repitiendo el parlamento que alguna vez dijera Tina Modotti al despedirse de su amado.

Cuando sale al frontis del hotel, donde un valet parking la espera con las llaves del coche recién alquilado —una novísima camioneta automática de doble tracción del año 2008, vidrios polarizados y un motor poderoso como un avión comercial—, Eva tiene por un instante el impulso de regresarse a su cuarto y quedarse abrazada a Willy el resto del día. Será el miedo de perderme en la ciudad más grande del mundo, se justifica. Vuelve a vencer una imperceptible vacilación cuando el joven de uniforme le pasa el llavero y le explica dónde se guardan los documentos del vehículo. Al abrocharse el cinturón de seguridad, supo que sus miedos ya se habían convertido en copiloto y que iban a realizar con ella la travesía hasta lo alto de las montañas donde, por alguna razón, la esperaba Pablo Cárdenas. El mismo que escribió *La mujer infinita* en el año 2001. El mismo que hoy, en 2008, vive encerrado en una casa que se está cayendo por un despeñadero. ¿Qué pasó con él a lo largo de todos estos años? ¿Qué lo llevó a escapar del mundo de una manera tan radical? ¿Será ella capaz de descifrarlo?

Well, here I go, se dijo Eva O'Ryan con la cabeza aturdida de preguntas. Y puso el coche en marcha.

> NOTA DE PRENSA / PARA SU INMEDIATA PUBLICACIÓN
> El próximo sábado 18 de agosto de 2001, saldremos de nuevo a las calles durante la XXIII Marcha del Orgullo Lésbico, Gay, Bisexual, Transexual, Transgénero y Travesti de la Ciudad de México. La cita es a las 11:00 de la mañana en el monumento del Ángel de la Independencia, para partir a las 12:00 en punto hacia el Zócalo capitalino. Una vez allí, se llevará a cabo un mitin politico y cultural que contará con la presencia de líderes activistas, artistas y políticos en sintonía con las necesidades de nuestra comunidad.

Tom leyó por tercera vez consecutiva el documento que acababa de redactar. Activó el corrector ortográfico de la computadora que arrojó la ausencia de acento en la palabra "político" y recién en ese momento se dio cuenta de que había terminado el comunicado de prensa que la directiva le había encargado esa mañana. Faltaban cinco días para la marcha y ya era hora de empezar a enviar las notificaciones a los periódicos, revistas y portales de internet más importantes del país. Sin embargo, esta vez todo sería diferente. Pablo iba a ir con él. Eso bastaba para que el evento entero cobrara una dimensión distinta, una justificación propia. Por fin lo verían caminar por las calles de la mano de su novio: ese escritor mexicano que destacaba tanto por su porte como por la capacidad de sus neuronas. Vivir con Pablo no era fácil: sus obsesiones personales y literarias podían convertirse en una pesadilla si no se administraban bien. Muchas veces su carácter de ermitaño no colaboraba en nada para construir esa familia de revista que tanto soñaba Tom. Pero él no se rendía: lo amaba con el mismo ímpetu y entrega desde el día en que lo conoció, tres años atrás, en el lanzamiento de un libro de cuentos que Pablo había publicado. Los relatos tenían como hilo conductor la llegada del nuevo milenio, y su oportuna irrupción en el mundo de las letras le había otorgado cierta atención por parte de la prensa. La cita para amigos, invitados, periodistas y críticos tuvo lugar en la librería El Péndulo, en el número 115 de la calle Nuevo León, en pleno corazón del barrio La Condesa. Tom colaboraba como fotógrafo *freelance* de una revista independiente. Cuando su editor le enseñó la invitación al evento literario —una sobria y elegante tarjeta que señalaba el jueves 5 de marzo de 1998, a las 19:30 hrs., como única oportunidad para escuchar al autor y conseguir una copia del libro autografiado— tuvo la buena idea de proponerse para cubrir la actividad.

Cuando se bajó del coche, vio el tumulto de gente desde la cuadra anterior. Al parecer toda la nueva intelectualidad mexicana se había dado cita en El Péndulo. Reconoció algunos rostros conocidos, gente que veía en las páginas sociales de revistas y periódicos, aunque su conocimiento de la fauna local aún dejaba mucho que desear. Después de casi tres años en el país —al que había llegado desde Nueva York con la intención de explorar nuevos horizontes de trabajo—, México aún seguía siendo para Tom un monstruo de mil brazos. Luego de haber vivido en Manhattan toda su vida, una isla cuadriculada con doce avenidas y sólo un centenar de calles, la idea de formar parte de una ciudad sin límites y que parecía extenderse tragándose sus propias fronteras, sin orden ni planificación, le seducía y aterraba al mismo tiempo. Tuvo que acostumbrarse a que lo bautizaran como El Gringo, o simplemente El Güero, y al cabo de unos meses empezó a gustarle su apodo. Tal vez era su altura, el ancho de sus espaldas de nadador, su pelo rapado que dejaba ver la perfecta curva de su cráneo, o simplemente el hecho de que los extranjeros siempre se hacen notar en un país que no es el suyo, pero cada vez que Tom entraba a una habitación todo el mundo volteaba a mirarlo. Y apenas cruzó las puertas de la librería, las cabezas de cada uno de los invitados se giraron hacia él. Lo vieron avanzar hacia una de las esquinas, las mejillas y orejas rojas por sentirse observado, y esconderse tras su máquina fotográfica Nikon que de inmediato desenfundó de su estuche. A través del lente vio aparecer en el improvisado escenario a los responsables del evento: el editor, un jefe de prensa, y al autor del libro. Tom supo que todo su viaje a México había cobrado sentido y justificación en ese preciso instante. Al otro lado del visor fotográfico estaba el objeto de su vergonzosa taquicardia. Acercó un poco más el zoom. Pudo verlo sonreír agradeciendo la presencia de los invitados. Lo vio saludar y besar a todo aquel que se le acercó a hacerle

algún comentario. Gracias al teleobjetivo fue capaz de apreciar cómo los ojos azules del escritor brillaban de emoción cada vez que estampaba su firma en la primera página de su recién estrenada colección de cuentos.

Cuando acabó el evento, Tom se había enamorado perdidamente y seguía aún en la misma esquina, aferrado a su cámara, sin atreverse a romper lo que le pareció el estado emocional más intenso al que había estado expuesto los últimos años. Armándose de valor fue hacia las estanterías del lugar y tomó uno de los pocos ejemplares que habían quedado. *Juego de espejos* se llamaba. La portada era la imagen de una mujer cubierta por una capa de agua, lo que licuaba sus contornos y le daba el aspecto de estar a punto de convertirse en algo que no era humano. Pablo Cárdenas: su nombre. La contratapa le regaló una fotografía de Pablo, serio, de anteojos, peinado con pulcritud hacia un costado. Había nacido en Puebla, en 1965. Su primer libro fue publicado cuando apenas cumplía veinte años. Era colaborador habitual de varios periódicos y tenía una columna en una importante revista internacional. Sin embargo, su éxito más sonado había sido el guión de una película mexicana estrenada en 1996 y que se convirtió en un fenómeno de taquilla. Doce meses después llegó al cine una nueva historia de su autoría, con un importante y comentado éxito de audiencia, lo que convirtió a Cárdenas en un codiciado y reconocido Rey Midas de la industria.

Tom pagó por el libro y lo echó dentro del estuche de la Nikon. Cuando salió a la calle, un aguacero de fin de mundo se dejaba caer sobre ese sector de la ciudad. Buscó refugio bajo el alero de la librería, un breve pedazo de techo que sobresalía lo justo y necesario para que un par de personas se protegieran las cabezas en caso de una inesperada lluvia. Tom sintió que alguien más venía tras él, por lo que se ubicó de medio lado dispuesto a dejarle algo de espacio. Fue entonces que se topó con la mirada azul de Pablo, que con el pelo húmedo pegado a la cara le sonrió por cortesía.

—¿Pablo?

Tom abrió despacio la puerta del estudio. Su novio seguía allá adentro, sentado en su silla, mirando hacia la misma esquina. La noche anterior lo sorprendió hablando solo, comentando algo de Julio Antonio Mella con la pared. Tom frunció el ceño: la situación estaba empezando a inquietarle. Volvió a cerrar la puerta y regresó a la sala, con su comunicado de prensa en la mano. Recién entonces se le cruzó por la mente la posibilidad de que Pablo, su querido Pablo, esta vez estuviera más lejos e inalcanzable de lo que había imaginado.

Y el cuerpo se le paralizó de miedo.

¿Miedo?

—Sí. Tuve miedo. Soy fotógrafa, y... Tengo clientes que pertenecen a la clase adinerada. Quise cuidar mi reputación. Usted entiende.

—No, no entiendo —le respondió Valente Quintana.

Antes de que la encerraran en su habitación, Tina había recibido la visita del detective. Estaba molesto. Apenas pudo le echó en cara el hecho de que le mintiera durante el interrogatorio. Le fue muy fácil descubrir que su nombre no era Rose Smith, ni había nacido en San Francisco, ni era profesora de inglés. ¡Carajo!, ¿qué estaba pensando cuando decidió faltar a la verdad? ¡Si todo el mundo sabe quién es usted! ¡Es fácilmente reconocible! A esa hora, la única ventana de la sala era un espejo de luz. Las dos de la tarde hervía en los cristales, iluminaba sin piedad el desastre provocado en el departamento por policías y agentes: cojines destripados, cajones revueltos, papeles arrugados, adornos rotos. La máquina de escribir de Julio yacía bajo una mesa, como un tesoro inútil olvidado al fondo del mar. *Dio*, si él la viera.

—No quise que mi nombre se viera envuelto en el asesinato de un revolucionario, eso fue todo. Me importa mucho cuidar mi reputación —aclaró Tina.

—No es la impresión que da, señora Modotti.

Quintana hizo una pausa para meter la mano a un portafolio de cuero negro que había dejado a su lado en el sillón. Tina intentó ponerse de pie, para corregir el sacrilegio cometido con la máquina de escribir, pero se detuvo cuando el detective lanzó sobre la mesa las dos fotografías.

—¿Las reconoce?

Tina no respondió. Se dedicó a observarlas, casi con ternura. Con delicadeza pasó uno de sus dedos sobre su propio cuerpo: en ambas estaba ella, desnuda, recostada sobre una manta de líneas verticales que Weston dispuso sobre el techo de su azotea. En una mantenía los brazos sobre la cabeza, las piernas cruzadas, el valle espeso y esponjoso de su pubis como centro de atención. Era imposible no fijar la vista en ese triángulo oscuro que casi podía tocarse de tan cerca que estaba: terciopelo salvaje flotando en un mar de leche. Pechos y muslos se dibujan como suaves ondulaciones en donde el día brilla. Una mano de hombre recorre la piel, dejando una huella de sudor. Los poros se levantan, alertas. Es Edward. Le cuesta tan poco recordar aquel tacto, mientras su voz repetía: tu piel es una tela donde el sol dibuja sombras perfectas, Tina. Mira cómo rebota la luz en tus caderas. ¿La sientes? Estás hecha de luz, por dentro y por fuera. Nadie nunca modeló tan bien para mí.

—¿No le da vergüenza? —oyó decir a lo lejos.

Cuando levantó la vista de la fotografía, descubrió a Quintana secándose una gota de sudor que le humedecía el inicio de la patilla. Tina estuvo segura de que ese sudor no era culpa de la temperatura exterior, ni mucho menos del sol que se derramaba inclemente por la ventana. El incendio ardía dentro de los pantalones del detective. No lo iba a saber ella.

—Esto es arte.

—¿Arte? ¡No me chingue, señora!

Tina buscó en las paredes de su habitación el recuerdo de la sombra del detective, pero ya estaba oscureciendo. Ni siquiera hizo el intento de ir hacia la puerta: sabía que seguía cerrada con llave y que ya no volvería a salir. No había nada que hacer. Sólo recordar. Seguir recordando hasta enloquecer. Hasta que la memoria de Julio se apiadara de ella, la viniera a buscar y se la llevara enredada entre sus brazos. Pero eso no ocurrirá. En lugar de dormirse en un sueño eterno, volvió a ver los largos dedos de Quintana sacar una libreta y un bolígrafo de un bolsillo del saco.

—¿Cuál es su nombre verdadero?

—Assunta Adelaida Luigia —respondió ella.

—No puedo con ustedes los extranjeros. ¡A quién se le ocurre bautizar a un hijo así! —le extendió con desprecio una hoja de papel y el lápiz—. Escríbalos ahí. Con sus dos apellidos. Letra por letra.

¿Tina? ¿Me oyes?

Claro que te oigo, *bambino*. ¿Dónde estás? ¿Por qué no has venido por mí?

—¿Sabía usted que Mella era casado? —preguntó Quintana. Y como Tina asintió con la cabeza, agregó—: ¿Y cree

usted que convertirse en la amante de un estudiante revolucionario la ayuda a conservar su buena reputación?

Tina. Mi Tina. ¿Qué están haciendo contigo?

—¿Cuál es su estado civil?

—Viuda.

—¿Del fotógrafo de estas inmundicias? —Quintana señaló una de las fotografías que seguían sobre la mesa.

—No. El fotógrafo es Edward Weston.

—Weston, otro radical en esta historia.

—Esta historia está llena de radicales, detective.

—¿Y cómo podría definir la relación que tenía usted con el fotógrafo?

El rostro de Weston desaparecía por completo cuando se escondía tras su cámara de fuelle de 8 por 10 pulgadas. Su bigote breve y bien cortado, más parecido a una ceja, ni se movía cuando por unos segundos su dedo oprimía el obturador. Podría fotografiar mil veces tu rostro perfecto, Tina. Tus labios. El perfil de tu mentón. Tú eres mi arte. Tú eres mi gran secreto.

—¿Yo...? Fui su asistente.

—Ésa no es la información que tenemos.

—Pues entonces dígame usted qué es lo que sabe.

—Usted era su amante. El señor Weston estaba casado, y su esposa vivía en los Estados Unidos mientras él y usted compartían una casa aquí en México.

Pablo no volvió a abrir la boca desde el momento en que Tina comenzó a contarle la historia, encerrada con él en su estudio. Por un instante se preguntó si ella estaría cómoda de pie en la esquina, pero pronto se olvidó de todo, de sí mismo, incluso de Tom, a quien oía circular por ahí, y se concentró sólo en los hechos que la fotógrafa le narraba con su voz llena de matices y palabras desconocidas. Con disimulo estiró la mano hacia su escritorio y tomó uno de sus cuadernos. En la primera página escribió Tina Modotti. Luego, Julio Antonio Mella. Encerró ambos nombres en un círculo. Más abajo anotó el nombre de Valente Quintana: ése era un personaje del que tendría que investigar más tarde. Su olfato de escritor le dijo que el antagonista de la historia había hecho su aparición en escena. Volvió a entregarse a la narración. Tina le contó que el detective la tenía acorralada en su propio departamento. Hacía calor. Las ventanas estaban cerradas y no le permitieron abrirlas. El suelo estaba lleno con los restos de lo que había sido su colección de botellas de cristal. Ella aún tenía sangre de Julio en su blusa blanca, y recordaba perfectamente la náusea que le provocó la siguiente pregunta de Quintana:

—¿Cómo se explica que usted haya salido ilesa del atentado a Julio Antonio Mella?

—¿Qué quiere decir?

—¿No habrá estado usted celosa de la mujer de Mella?

—¡*Dio*, claro que no! Julio no la quería... Se iban a divorciar...

—¿Hace cuánto que Mella y usted vivían juntos?

—Un par de meses. Cuatro...

—Y era su sueño casarse con él, me imagino.

—No. El matrimonio es un acto político hostil.

—Casarse es el sueño de toda mujer.

—No soy como todas las mujeres.

Pablo anotó: "diferente". No, no era como las demás mujeres. Era obvio. Bastaba con leer la determinación que se apreciaba en sus ojos oscuros, en el filo de su mentón, en su cuerpo que no superaba el metro cincuenta de estatura, para saber que se trataba de alguien que había pagado muy caro el hecho de ser distinto. La huella de eterno cansancio que se adivinaba en la manera de caer de aquellos hombros delicados le dijo que el fantasma que tenía enfrente era el de un ser humano que debió haber cargado en vida con el peso de la incomprensión y el prejuicio.

—Al parecer, le gusta coleccionar amantes, señora.

—Usted está aquí para hablar del asesinato de Julio, detective. Y de eso vamos a hablar —lo encaró Tina—. ¿Ya fueron a buscar a Magriñá...? ¡A él tendría que estar interrogando, no a mí...!

Quintana sacó un papel de entre las páginas de su libreta, que desdobló de inmediato. Lo sacudió frente a sus ojos.

—Aquí tengo su declaración. Se la voy a leer, para que la apruebe.

—¡Oh, *Dio*...! ¡Usted no escucha...!

Tina hubiera querido cubrirse las orejas, pero sabía que era inútil. Ya la voz del detective se adhería a las paredes, tatuando con saliva sus insolentes palabras en cada superficie de su departamento, incluso de su cuerpo. Iba a tener que refregarse la piel con jabón de Castilla, a ver si así conseguía quitarse de encima toda esa cháchara que no quería oír: a las nueve y veinticinco Julio Antonio Mella llegó por usted a la Oficina de Correos, ubicada en San Juan de Letrán. Siguieron a pie hacia Balderas, luego por la avenida Morelos y entraron a Abraham González. Al dar la vuelta en esa calle, usted oyó dos detonaciones que...

Tina hizo una pausa en su narración. Un destello de dolor azoló sus ojos de muerta. Pablo supo que a continuación venía una confesión importante. Entonces dejó de lado su cuaderno, encendió el computador. Al espejismo de la fotógrafa no le importó cuando lo vio sentarse frente a la pantalla, y posar lo dedos sobre el teclado. Ella se acercó a su oído, para que Pablo escuchara con toda claridad lo que pensaba seguir confiándole.

Una mano masculina se ancló en el hombro de Tina. Ahí estaba de nuevo el olor, el mismo olor que ella ya no encontraba por ninguna parte. Inclinó hacia atrás la cabeza. Julio acercó sus labios al cuello de Tina, la besó con suavidad.

—¿Qué te hicieron, *bambino*?

—¿Qué te están haciendo a ti, Tina?

—No dejes de hablar, Julio. Dame tu mano.

—Lo que no te mata te hace más fuerte.

—Ahora todo se ve distinto… ¡hasta nuestra relación!

—No dudes de nuestro amor.

Una nube de luz negra cubrió el rostro de Julio. Se le iba. Se le iba de nuevo. Tina dio un paso hacia el frente, intentando retenerlo con sus manos, pero Julio era agua que escurría. Alguien la detuvo por detrás.

—¿Y usted adónde cree que va? No hemos terminado —exclamó Valente Quintana, que para esos entonces acezaba a punto de perder los estribos.

Tina se soltó con fuerza. La perfección de su moño se desmoronó y parte de su cabello le ocultó el rostro velándole, por un instante, el odio que le laceraba las pupilas. ¿Dónde está Julio? ¡Dónde está!, quiso gritar. Luego de eso, la llevaron a la fuerza a su dormitorio y la puerta se cerró con llave desde afuera.

La estrechez de su habitación sólo le recordó a Tina que todo lo que la rodeaba se acababa de convertir en cárcel. Hasta hacía tan poco la cama —donde ahora intentaba conciliar el sueño— brincaba de alegría cada vez que ella y Julio caían sobre el colchón. Ahora ni siquiera encontraba calor arropándose bajo las pesadas mantas de lana. Quería morirse en ese instante: desvanecerse como una pequeñísima flor de luto y desintegrarse al contacto con la tierra.

Y lo hizo, así fue como murió, pensó Pablo, mientras creía sentir la delicada presión de la mano de Tina posada sobre su hombro. Se convirtió en un pétalo negro que dejó de respirar. Volvió a releer en la pantalla del computador todo lo que ella le había dictado, palabra a palabra. ¿Por qué lo había elegido a él como escriba de su historia? ¿Qué había hecho para merecer convertirse en médium de un espectro que claramente no descansaba en paz?

Los neumáticos del auto derrapan sobre la gravilla del camino antes de frenar y detenerse. La puerta del piloto se abre y Eva sale. Frente a ella se yergue el chalet de Pablo Cárdenas. Tal como suponía, no se oye nada. Sólo el quejido del viento al atravesar la copa de los pinos y partirse en dos contra los filosos bordes de los riscos. Eva se acerca a una ventana. El interior es una bruma imprecisa a causa de los tules cerrados. Sin embargo, esta vez la silueta de alguien, ¿una mujer?, se recorta con claridad en una de las esquinas del lugar: el cuello erguido, el perfil del mentón señalando hacia el frente, los brazos colgándole a cada lado del cuerpo, la sombra oscura de lo que parece un cabello bien peinado. Eva sonríe: al parecer su viaje no ha sido en vano.

OCHO

NO DEJES NUNCA DE ESCRIBIR

No iban a permitirle que la muerte de Julio Antonio Mella se convirtiera en un crimen político. Claro que no. Eso significaba admitir que la teoría de los pistoleros enviados por Gerardo Machado desde Cuba era cierta y, lo peor de todo, dejaba en evidencia que el gobierno mexicano había autorizado su ingreso ilegal al país. Era necesario y urgente conseguir un chivo expiatorio antes de que la manada de radicales y artistas comenzara a vociferar más alto, lo que traería consecuencias nefastas, como la atención de la prensa internacional. La solución estaba ahí: compartía la cama con el cadáver. Qué mejor que culpar a aquella extranjera de dudosa moral, la que se había fotografiado desnuda desafiando a Dios y a las buenas costumbres, la mismísima italiana insaciable que coleccionaba amantes, fumaba en público y que iba del brazo de Mella la noche de su muerte. ¿Cómo era posible que estando a su lado no viera al asesino? Para mejor fortuna, su posterior declaración incurría en enormes contradicciones. Además, había mentido descaradamente en más de una ocasión: se identificó con otro nombre, se inventó un pasado y un lugar de nacimiento. Tina Modotti era la candidata perfecta para empuñar el arma asesina. Por eso, a la misma hora en que zurcían de norte a sur el pecho del estudiante cubano luego de su autopsia, las más altas autoridades tomaron la decisión de informarle al detective Valente Quintana que el caso había mutado de crimen político a pasional. Su tarea como investigador consistía en demostrar, lo antes posible, que los celos desmedidos de una fotógrafa desequilibrada habían provocado una lamentable tragedia que todo el país, gobierno incluido, lamentaba con hondo dolor. Eso era todo. Y ahí estaban los hechos, alineados uno tras otro, para probarlo.

Tina guardó silencio unos instantes. Paciente, esperó a que Pablo terminara de escribir lo que ella había acabado de contarle. Luego, los dos permanecieron mudos: una eligiendo cuidadosamente el nuevo trozo de historia que pensaba contar; el otro, transformando mentalmente en escenas y diálogos la narración que acababa de escuchar. No le fue difícil imaginar la oficina de Quintana, la presión sobre sus espaldas, la inesperada visita de su jefe en mitad de la noche. ¿Cómo se habrá llamado? Iba a tener que investigar en internet o en alguno de los libros de Tom hasta dar con el nombre del superior jerárquico del detective. Regente Puig Casauranc, le llegó la respuesta. El cabrón se llamaba Puig Casauranc. Nunca pude olvidarme de su nombre. Siéntate, *cucciolo*. Y escribe. Escribe para mí.

Y Pablo, obediente, hizo lo que mejor sabía hacer: mal que mal, había nacido para ese momento.

66. INT. OFICINA JUZGADO. NOCHE.

El interior de la oficina está en penumbras. La puerta se abre y entra QUINTANA, cansado, desatándose el nudo de la corbata. Descubre que frente a él está el REGENTE PUIG CASAURANC, su jefe. Desconcertado, QUINTANA echa un vistazo al reloj de la pared que marca las 2:30 de la madrugada.

REGENTE

¿Cumpliendo con su deber, Valente?

QUINTANA

¿Hay algún problema, señor regente?

REGENTE

Estaba poniéndome al día en el caso del estudiante asesinado.

QUINTANA

Pensaba entregarle un informe mañana a primera hora.

REGENTE

Muy bien. Lo voy a leer con mucha atención. Quiero entender qué fue lo que llevó a esa mujer a matar al hombre que amaba tanto.

QUINTANA

Es obvio que ella no fue.

El REGENTE sonríe con sorna.

REGENTE

Valente, pensé que usted era un hombre más romántico... ¿Acaso conoce alguna mejor manera de morir que a manos de la persona que más nos quiere?

QUINTANA

Ella no fue.

REGENTE

Claro que sí. Lo mató por celos.

QUINTANA

Pero José Magriñá...

REGENTE

Magriñá no existe. Abandonó el país hace un par de horas, sin evidencia. Nunca estuvo aquí.

El rostro de QUINTANA acusa el golpe de la noticia.

REGENTE

Espero ese informe mañana. Haga uso de su verborrea, de su talento. Quiero un buen cuento. Uno lleno de pasión, y celos... y muerte.

El REGENTE avanza hasta la puerta. Antes de salir, voltea y mira a QUINTANA.

REGENTE

Al hijo de su chingada madre lo mató la italiana loca. Ésa es la verdad y usted se la va a contar a todo el país. Y le aseguro, Valente, que el presidente va a estar muy, muy agradecido de su trabajo.

Siente que el celular le vibra dentro del bolsillo del pantalón. Palpa el aparato, lo arrastra hacia arriba a través de la tela de sus jeans. Cuando consigue extraerlo, descubre gracias al identificador de llamadas que se trata de Willy. *I'm sorry, honey*, ahora no puedo. *Off*. Entonces el silencio vuelve a reinar en ese paisaje hecho de vértigo y paraíso. Eva sigue avanzando paralela al muro exterior del chalet, pasándose de una ventana a la otra. Pablo ha corrido todas las cortinas, y es muy poco lo que puede apreciar en el interior: el respaldo de un sillón, una mesita donde al parecer hay una planta; también alcanza a descubrir una repisa con botellas de cristal de diferentes colores. Eva busca alguna señal que delate la presencia del habitante de la casa. Hace unos instantes creyó verlo de pie en una de las esquinas del estrecho salón. Pero ahora no está. El ruido del auto al estacionarse en la planicie exterior lo habrá alertado, conjetura. Y tiempo para esconderse, si es que de verdad no quiere ser visto, tuvo de sobra.

La parte trasera del chalet sólo le ofrece dos pequeñas ventanas —la de un baño y la cocina, supone la actriz— y una puerta que ella de inmediato sabe que intentará abrir. Pero no es necesario: apenas su mano toca la hoja de madera, ésta cede bajo la presión. Las bisagras se quejan al dejarle libre el paso. Eva entonces cruza el umbral. La cocina parece un angosto pasillo cubierto de alacenas de puertas pintadas de café. Sobre la estufa hay una olla con restos de comida: el único indicio, hasta ahora, de que alguien vive ahí. Eva se asoma y mira el contenido: congrí.

TINA

El congrí es arroz con frijoles negros. Julio dice que va a cocinar. ¡Vamos a ver si es cierto!

Recuerda perfectamente cuando filmó esa escena, la número 19. A la actriz que interpreta el papel de Luz Ardizana le correspondía preguntar qué quería decir esa palabra, desconocida para ella, para que Tina pudiera explicarle que se trataba de una receta cubana que su Julio pensaba preparar para la fiesta de la azotea, la que terminó mal por culpa del provocador que llegó a interrumpir la velada. Por lo visto el guionista tiene las mismas costumbres alimenticias de Mella. El fuego de la estufa está apagado.

—¿Pablo…? —su propia voz le suena sacrílega en medio del aplastante silencio que reina en el chalet.

Eva sale hacia el salón. Ahí está el sofá que había visto desde el exterior: enorme, tapizado en felpa que debió ser verde en algún momento pero que a causa del sol y los años más parece un desteñido animal olvidado en un desván. A su lado, una mesita sostiene una maceta de la que se derraman las hojas de un helecho. Un tapete raído en el suelo. Algunos cuadros de marcos dorados con motivos de bodegones y naturalezas muertas de escaso valor. Un espejo biselado que reproduce a la inversa el rostro de curiosidad de la actriz que se ha detenido a contemplarlo todo, con una creciente sensación de *déja vu* alertando sus sentidos. Sobre una silla descansa una viejísima máquina de escribir Underwood, de teclas redondas como botones de hierro, y que parece armonizar perfectamente con la escenografía de anticuario que la rodea. Es idéntica a una que la producción consiguió para el *set* de Tina, y que se parece muchísimo a la que usaba Julio Mella, según consta en las fotografías de la época. Eva tiene la sensación de que nadie ha abierto las ventanas en años, porque el polvillo que flota como una niebla parece haberse acomodado ahí, suspendido ingrávido a la altura de su nariz, sin el menor deseo de caer al suelo. Una tabla cruje a sus espaldas. Cuando voltea, el rastro negruzco de una silueta termina de esfumarse en el quiebre de lo que se adivina como un pasillo que desemboca en una escalera.

—¿Pablo?

El escritor se levantó veloz de la silla. Intentó cerrar con llave la puerta de su estudio, pero Tom fue más rápido y logró asomar la cabeza hacia el interior.

—¿No vas a cenar conmigo? —preguntó intentando disfrazar de burda coquetería el enorme desconcierto en que se había convertido su relación.

—Estoy trabajando.

—Baby, no te he visto en todo el día.

Tina tamborileó sus dedos sobre el escritorio, urgiéndolo a resolver pronto su problema doméstico. Aún había mucho por escribir y ella no pretendía quedarse más de lo necesario. Pablo intentó cerrar la puerta, pero Tom la contuvo desde fuera.

—¿Estás molesto conmigo? ¿Es eso? ¿Hice algo?

—¡Tom, por favor! —suplicó.

—*At least have dinner with me…*

¿Cómo explicarle la verdad? Era obvio que nadie más que él veía a la fotógrafa de pie junto a la silla. Necesitaba silencio, tranquilidad absoluta. Por primera vez en su vida, Pablo tenía la certeza de que su trabajo significaba algo más que simple entretenimiento para las masas. ¡Esto no se trataba de escribir un cuentecito pendejo, o una comedia romántica con final predecible! Esto era otra cosa. Y su novio iba a tener que entenderlo. Eso es lo que hace la gente enamorada: comprender al otro. ¿O no?

—¿Pero vas a ir conmigo a la marcha del sábado? —preguntó como último recurso al darse cuenta de que, una noche más, iba a comer solo.

Pablo asintió apurado, sí, sí, claro que sí, ya hablamos de eso, cuenta conmigo. Cerró la puerta y pasó el pestillo. Anuló un brevísimo brote de culpabilidad por su manera de actuar frente a Tom, y regresó junto a Tina que parecía impaciente por seguir hablando. ¿Por qué? ¿Por qué estaba tan ansiosa de narrarle su historia? Apenas volvió a sentir las manos de la italiana flotando sobres sus hombros, como si buscara anclarlo a la silla, comprendió que no iba a salir nunca más de su oficina. Su estudio se había transformado en su propia cárcel. Claro, eso era precisamente lo que ella quería: que viviera en carne propia lo que Valente Quintana le hizo pasar luego de la noche del 10 de enero de 1929. Su pellejo iba a reaccionar ante la falta de libertad, sus sentidos iban a enloquecer ante la claustrofobia y la ausencia de aire puro. Escribir desde la vivencia y las tripas. Usar la sangre de las propias heridas como tinta. Aprender a mirar hacia adentro cuando la vida no te permite mirar más hacia fuera. No tuvo miedo. La idea tampoco le provocó rechazo. Era un escritor, y eso lo facultaba para hacer suyas las tragedias ajenas. Lo único que lamentó fue que el día tuviera sólo veinticuatro horas: hubiera querido derrotar al sueño y a la maquinaria de su cuerpo para escribir sin cesar hasta teclear la palabra FIN, noventa páginas después. Pero eso era imposible, por más que su carcelera lo dominara a golpes de miradas y palmaditas en los hombros. Cuando el cansancio lo venció, no tuvo más remedio que pedir una tregua y echarse a dormir sobre la alfombra mientras ella, la causante de sus vicisitudes, le acariciaba el pelo con la misma mano que algún día acarició el cabello de su enamorado cubano. Quién sabe porqué —tal vez como premio por la labor cumplida a lo largo del día, o quizá porque ya había algo más que una simple relación entre autor y personaje—, pero de pronto sintió aquel cuerpo fibroso y juvenil pegársele por detrás. Reconoció su olor a macho apasionado, a excitación latente, a urgencia que no tenía intenciones de contenerse. ¿Qué estaría pensando

Tina? ¿Habrá permitido la presencia de Julio, esa noche en su estudio, para que él pudiera acercarse aún más a su alma de mujer enamorada? Se dejó desabotonar la camisa, morder el lóbulo de la oreja. Coño, tanta pasión. Esta vez no fue necesario recurrir a letras, ni metáforas, ni a ficciones ajenas en la pantalla de su computador, para sentir en cada poro lo que significó ser amado la noche entera por el hombre que llevó a la locura a su nueva musa inspiradora.

12. INT. ARCHIVO EL MACHETE. NOCHE.

TINA y JULIO están encerrados en el archivo, que es una suerte de clóset grande, muy estrecho y lleno de polvo. Las manos de JULIO atenazan a TINA por detrás, rodeando sus pechos. TINA cierra los ojos. JULIO hunde su boca y nariz en la nuca de TINA, soltándole en el moño de su pelo. TINA gime, excitada. JULIO la voltea hacia él, quedan cara a cara. Los dos acezan. Sus bocas están muy juntas, rozando sus labios. Sólo se escuchan sus jadeos, agitados. JULIO y TINA comienzan a besarse, urgentes, excitados. Se quitan las ropas como les permite el espacio. Comienzan a hacer el amor con gran pasión, cada vez más rápido, más intenso. La cámara recorre el cuerpo de TINA, el brillo de la luz en su piel, las manos de JULIO que la tocan entera. Las respiraciones de ambos se hacen cada vez más fuertes, más sonoras. JULIO está próximo al orgasmo. TINA le tapa la boca con una mano, ahogando su grito.

CORTE A:

La mano de Pablo suspendió el sube y baja, conteniendo unos instantes el desborde que ya era inevitable, y dejó que los frenéticos dedos de Julio se hicieran cargo del desenlace.

Él cerro los ojos, acomodó los brazos tras la cabeza, separó las piernas y concentró todas sus energías en regalarle a su *bambino* el final que su dedicación y esmero merecían. Después, todo se redujo a un intenso punto de color que explotó con la potencia de un sol dentro de su cabeza: un big bang que lo arrastró nuevamente al suelo de su oficina, entre las patas de la mesa de su escritorio y donde ella lo esperaba en silencio para que apenas pudiera ponerse de pie retomaran juntos la escritura del guión. Carajo, ¿ya era de día nuevamente?

Cuando Eva llega al segundo piso, tiene por un instante la sensación de estar avanzando por el pasillo de un vagón de tren. Ha ingresado a un simple y largo corredor con tres puertas: una a cada lado y la tercera al fondo. Una ampolleta que cuelga desnuda al centro y que rápidamente comprueba que no funciona. La falta de luz la obliga a avanzar con una mano siguiendo la línea de la pared. Se asoma a la habitación que le queda del lado derecho: una cama de estructura metálica, un ropero de dos cuerpos y puertas de espejo biselado. Alcanza a ver lo que parecen dos zapatos de hombre, medio ocultos por el colchón y asomándose bajo el ruedo del cobertor. El silencio es tan intenso que puede escuchar el soplido del viento colándose por cada una de las ranuras de esa casa de madera. Es un coro casi imperceptible, mil voces de aire que juntas van conformando un susurro de pesadilla. ¿Acaso nunca se callan? ¿Cómo alguien puede vivir en esa casa sucia, oscura y que parece haber naufragado hace cien años? Algo cruje en el pasillo, pero ahora está segura de que se trata de algún cambio de temperatura que tuerce una tabla del suelo. Ese chalet no puede estar habitado. Nadie podría vivir ahí.

El cuarto de la izquierda es un breve espacio abarrotado de libros, fotografías, ropa, papelitos pegados sobre el muro con consignas políticas: "Todo el poder a los soviéticos", "La religión es el opio de los pueblos", "La tierra debe ser para quien la trabaja". ¿Dónde leyó eso antes? Hay retratos de Julio Antonio Mella en diferentes momentos: arengando a las masas, sonriendo en la intimidad, con algunos amigos en una fiesta. Se ve una imagen de una hoz y un martillo colgada en uno de los muros. También han colgado algunas reproducciones de fotografías clásicas de Tina Modotti: *Alcatraces*, *Rosas*, *Nopal*, *Flor de manita*. No hay espacio libre en esas paredes que se adivinan blancas bajo las fotos, los papelitos, los cuadros que abarcan de techo a suelo. Sobre una mesa, que parece ser de trabajo, hay muchos ceniceros llenos de restos de cigarrillos. De pronto Eva siente que la sangre le sube en un golpe de carrusel a la cabeza. No puede ser. Es imposible. ¡Es absolutamente imposible! Y por más que se lo repite, la realidad le confirma que no está equivocada: el interior de esa casa es idéntica a la escenografía que construyeron para la película en los estudios Churubusco. Ahí está la sala de Tina, con su sillón de felpa donde tantas veces se sentó Diego Rivera a conversar y despotricar contra el gobierno; la máquina de escribir donde Julio tecleaba sus incendiarios artículos que publicaba en *El Machete*; el cuarto donde Tina y su *bambino* hacían el amor, donde él se escondía dentro del ropero, donde ella descubrió sus zapatos huérfanos luego del asesinato. Los adornos recolectados a lo largo de tantos viajes. La colección de botellas de colores acomodadas con perfecto orden sobre una repisa. Y ahora Eva está de pie en el centro del estudio, el mismo lugar donde la fotógrafa recibía a sus clientes para retratarlos y así ganarse la vida. El telón blanco y algo raído colgando en una esquina. La alfombra de petate donde ubicaba a sus modelos. Eva voltea y con horror descubre la Graflex sobre un taburete, junto a la ventana de cortinas cerradas, esperando que por fin un par de manos la levanten y hagan arte con sólo oprimir su obturador. ¿Qué es esto? ¿Qué broma macabra le están jugando? ¿Quién había reproducido el departamento del quinto piso, del número 31 de la calle Abraham González, en lo alto de una montaña perdida?

A tropezones sale nuevamente hacia el corredor. La recibe la bocanada inesperada de un cigarrillo que alguien le fuma encima. Su grito dispersa las volutas de humo, pero la falta de luz no permite ver nada. Ni siquiera cuando el suelo se convierte en el primer peldaño de la escalera. Eva se siente de pronto suspendida en el aire, en un espacio libre de gravedad. Por unos segundos que se alargan hasta la desesperación, alcanza a pensar en Willy y en lo poco afortunada que había sido su decisión de no tomarle la llamada, antes de desplomarse en medio del polvo y el estropicio de la planta baja. Intenta abrir un ojo. El dolor es agudo, se convierte en luz. Todo está blanco. Tiene la sensación de estar envuelta en una impecable sábana tendida al sol del mediodía. Aquello es exactamente lo contrario de la oscuridad, pero le provoca el mismo pánico. Y ahí, al centro de esa pantalla reventada de intensa borrasca y viento, surge la silueta tan familiar: la falda negra hasta los tobillos, la blusa de cuello amplio y doble corrida de botones, el lustroso cabello negro peinado en un moño contra la nuca. Después cerró los ojos, sin saber si estaba aún en una escena de la película, o si el fantasma de Tina Modotti se había desprendido de algún espejo y venía bajando la escalera a su rescate.

From: pablocardenas@earthglobal.com.mx
To: Leslie Aragon <laragon@lesliearagon.com>
Date: Wed, 15 Aug 2001 02:08:15 am.
Subject: Guión de Tina.

Querida Leslie, empecé a escribir el guión. Digamos que sorpresivamente me llegó la inspiración. Es fuerte. Están pasando cosas que no esperaba. No quiero que me llames, ni me preguntes nada. Tampoco trates de usar a Tom como mensajero. Necesito silencio. Volverás a saber de mí el día que te mande la versión final.

Un beso, Pablo.

NUEVE

CIEN MIL ALMAS

Luego de la muerte de Julio, Tina a veces sueña con agua. La vida al otro lado de sus párpados adquiere el aspecto de una enorme pecera, donde a veces ella flota de cara al sol, a veces se hunde hasta esconder la cabeza en la arena submarina y otras tantas se deja arrastrar por las corrientes internas a ver si así consigue olvidarse del dolor que no da tregua. Y en casi todos los sueños aparece Julio. Incluso cuando Tina no está dormida. Basta que se quede inmóvil sobre su cama, con los ojos abiertos y mirando el techo, para que la puerta que siempre tiene llave se abra despacio y Julio aparezca en el umbral de su habitación. Tina no lo mira, porque sabe que ha muerto. Con infinita tristeza, y en el más absoluto de los silencios, echa hacia atrás las sábanas para que Julio se acueste junto a ella. Él la abraza con fuerza, y Tina se aprieta contra su pecho gélido como una lápida. Luego despierta con un dolor mucho más grande, ya que en esas ocasiones ni siquiera sabía que estaba soñando: simplemente pensaba que a veces su fantasma se metía con ella a la cama y eso la llenaba de ilusión. Entonces llora ante su irrevocable soledad, y sus lágrimas mojan las sábanas que nadie nunca se encargó de volver a cambiar.

En otras ocasiones, sus fantasías nocturnas se remontan a su Udine natal: ahí están otra vez sus primos, los campos de trigo convertidos en oro líquido por el sol, las carreras a través de los pastizales y las infinitas horas recostada sobre alguna planicie recorriendo con su dedo la silueta imponente de los Alpes al fondo del horizonte. Algunas noches también aparece de nuevo la voz de su madre, *Assunta, Assuntina, vieni mangiare! Mamma, sei te?*, y el recuerdo se completa con la sensación tan vívida de un trozo de pan recién horneado que le calienta las palmas de las manos y le llena de olores, que pensaba olvidados, el interior de la nariz. Es capaz de escuchar con claridad la cáscara crujiente cuando lo parte por la mitad, y aunque sabe que no es cierto, se traga con entusiasmo la esponja de miga que se le pega al paladar.

Tina envejece un siglo por noche.

Willy despierta de su siesta de media tarde y estira el brazo hacia la derecha, donde siempre duerme Eva hecha un ovillo. Pero ahora su mano sólo palpa el almohadón de plumas, intacto y solitario. Se incorpora en la cama. *Honey?* El radio-reloj le anuncia en números rojos y digitales que falta un cuarto de hora para las siete de la tarde. Willy se pone de pie y tiene el impulso de vanidad de peinarse el cabello revuelto cuando cruza frente a un espejo en la habitación del hotel. Manías a las que Eva lo tiene acostumbrado desde que, un año atrás, empezó la persecución de *paparazzis* allá en su casa de Santa Mónica. Si nos van a fotografiar en secreto, que por lo menos ambos salgamos bien, fue la sentencia de su mujer. Y él, que hace todo lo que ella le pide, adquirió el hábito de pasarse la palma por el remolino rojo de su coronilla que, a la menor provocación, se levanta como un penacho. Willy abre la puerta del baño, mira hacia el interior. Ni rastros de la sombra de Eva apagándose en las baldosas blancas. *Ti voglio tanto tanto bene*, fue lo último que ella le dijo antes de salir del cuarto y él no quiso detenerla una vez más para preguntarle qué quería decir. Supuso que era alguna expresión en italiano, y decidió que compraría un *Rosetta Stone* para darle a su mujer la sorpresa de poder responderle cuando ella le hablara en otro idioma.

Willy llama al *front desk* donde le informan que Eva O'Ryan no ha regresado al hotel. Cuando agradece, ya dispuesto a cortar la comunicación, hace el intento por mantener la voz en el mismo tono amable y despreocupado con el que hizo la pregunta. Pero no es capaz. Su garganta se ha apretado de angustia y ya no habrá nada que pueda remediarlo. Por eso cuando llama a uno de los productores de la película, basta que diga que es Willy, el marido de Eva, para que todos supongan que ha ocurrido una desgracia nada más de escucharlo hablar. Cuarenta minutos más tarde, el cuarto está invadido por personas que él apenas conoce pero que trabajan junto a su esposa. Varios hablan por teléfonos celulares, algunos opinan que hay que buscar un contacto privado con la embajada para evitar que la noticia de la posible desaparición de la actriz se cuele a las portadas de los periódicos locales y estalle una bomba mediática que después no tengan cómo controlar. El director, que mantiene en la línea a un asistente que ha mandado a casa de Pablo Cárdenas, anuncia con desesperanza que en el chalet del escritor no hay nadie. Ni rastros de la actriz. ¿Está seguro que dijo que iba para allá?

La estrechez y el exceso de gente en la habitación sólo le recuerdan a Willy que todo lo que lo rodea se acaba de convertir en cárcel. Sin la presencia de Eva, su Eva, nada tiene sentido: ni el hecho de estar ahí, en un hotel de la ciudad más grande del mundo; ni el tener que soportar a gente que grita y que elabora todo tipo de conjeturas; ni el que de pronto lo pongan a hablar con alguien que se identifica como funcionario del consulado norteamericano y que le asegura que cuentan con todo el apoyo de su país de origen.

De pronto el celular de Willy vibra en el centro de su palma aún más pálida que de costumbre. De inmediato el remolino crece a su alrededor: enjambre feroz de rostros y voces que ruegan que sea ella, la desaparecida. Pero no. El timbre de un hombre al otro lado de la línea los desalienta. A lo mejor es el secuestrador, exclama uno, abriendo la puerta para salir corriendo y dar aviso a las máximas autoridades. ¡Es Frank Crow!, les responde Willy. ¡Quién demonios llamó al manager de Eva! Frank grita desde Los Ángeles que está haciendo todas las gestiones necesarias para subirse al primer avión que despegue rumbo a Ciudad de México, que esas cosas no pasarían si la producción hubiese tenido seguridad permanente en la puerta del hotel, como corresponde cuando se trabaja con una estrella de la envergadura de Eva. ¿Acaso nadie lee la prensa? ¿Nadie sabe cómo son las cosas en México? ¡Los secuestradores están en cada esquina, Willy, *those mother fuckers are waiting for people like us in every corner! Poor Eva! Don't worry, we are gonna find our girl!* Pero Willy ya no sabe quién le quita el celular de las manos para seguir hablando con el manager que ha comenzado a maldecir de impotencia, porque al parecer su asistente no le consigue vuelo pronto. Escucha una vez más la palabra secuestro, esta vez dicha en tono de afirmación y no de pregunta. Uno de los productores se ofrece para negociar con los captores en caso de que llamen para pedir un rescate. Van a tener que pedir asesoría a la brigada antisecuestros, sí, eso será lo mejor. Willy quisiera levantar el brazo, barrer con todos, convertirse en una ola asesina y lanzarlos ventana afuera, para que se regresen a esas calles desconocidas que ahora son sus enemigas. Todavía puede oír los lamentos de Frank Crow, incluso sin tener su celular contra la oreja. ¡El contrato estipulaba claramente que Eva O'Ryan debía tener seguridad personal las veinticuatro horas del día en la puerta del hotel! ¡Él se encargó de incluir esa cláusula cuando negoció su participación en esa *fucking* película! ¡Abogados! ¡Se van a tener que entender ahora con sus abogados en caso de que a su estrella le pase algo, o se atente contra su integridad y su vida!

Willy sale al pasillo del hotel, donde se encuentra con otro grupo de angustiados curiosos: algunas de las mucamas que atienden su habitación y el jefe de meseros, que vienen a preguntar si es cierto el rumor que se anda escuchando por los pasillos. Pero el marido de Eva no los oye. Avanza a tropezones hacia las puertas cerradas del elevador. Si nadie piensa salir a la calle a buscar a su mujer, él lo va a hacer en persona. Recordaba que ella mencionó algo de un camino antiguo, en lo alto de una montaña. Habló también de un puente, de una gasolinera. Eso le bastaba para lanzarse en su búsqueda: era capaz de trepar cada cerro de ese país con tal de volverla a ver. ¡Y que no se atrevieran a impedírselo los de la embajada, o los imbéciles de la película con sus miedos de filtración a la prensa!

Va a entrar al elevador cuando el anuncio de uno de los *bellboy*, al final del pasillo, le devuelve de golpe el alma al cuerpo:

—¡Apareció...! ¡La señorita apareció!

Cada mañana, el celador de turno le trae una taza de café y los periódicos del día: orden de Valente Quintana. Es su manera de mantenerla informada del circo en que se ha convertido la investigación allá afuera. Y aunque Tina quisiera poder evitar la lectura, es débil y cae. Sufre, sufre mucho. Todos mienten: el país entero es una mentira. Para entonces, la noticia del crimen de Julio y el arresto domiciliario de su amante italiana ya han alcanzado también las páginas de *El Universal*, *La Prensa* y *El Nacional*. Por su parte, *Excélsior* ha comenzado a publicar párrafos completos de la libreta de memorias íntimas de Mella, que la policía confiscó en su último allanamiento. "Nuevas páginas del diario del estudiante Julio Antonio Mella" se lee en portada el 16 de enero de 1929, como si a seis días de la muerte del cubano aún no hubiera otra noticia en la nación. "Soñaba con unir todos los pueblos de este continente." "Mella no puede apartar en sus primeros meses de su estancia en México, el recuerdo de Silvia Masvidal." Y Tina sufre el arrebato de los celos, porque esos artículos reviven a las otras mujeres que Julio amó. Ella no fue la única. Hubo muchas y todas están ahí, consignadas letra a letra, exclusivamente para que ella, la viuda que nadie reconoce como viuda, sienta deseos de morirse fulminada antes de alcanzar a leer el final del reportaje. Tina desconocía que a veces su *bambino* pensaba en Silvia Masvidal, y la revelación es un cuchillo de hielo que le atraviesa el vientre. Tampoco sabía que existió una Edith y una Margarita. Ella y Julio sólo hablaron de Olivín —la engañada y verdadera mujer del estudiante, como señala *Excélsior* en uno de sus artículos— en un par de ocasiones, no hizo falta más. A nadie parece importarle, pero el corazón de Mella sólo le pertenecía a Tina Modotti, la única que se llevó la sangre de Julio en la ropa, en las manos, la única que desde la ventana de su propia cárcel está condenada a mirar la calle donde él cayó muerto y sufrir cada vez que alguien pisa distraídamente el empedrado que recibió su cuerpo abatido.

—¿Cómo fue que se conocieron? —le preguntó Pablo.

Tras él, Tina hizo una larga pausa de silencio. Por primera vez en mucho tiempo, ella despegó la espalda de la pared del estudio y avanzó hacia el centro de la habitación. Esquivó los platos con restos de comida —que empezaban a acumularse desde que Tom decidiera no regresar a retirarlos— y se quedó de pie bajo la luz de una ampolleta. La luz cenital le otorgó una suerte de aureola azulina a su pelo negro, y le llenó de sombras verticales su rostro de muerta en vida. Cuando comenzó a hablar, el ruido de una turba frenética llegó hasta los oídos de Pablo. Eran cientos, miles, los que clamaban por justicia. La calle se hacía estrecha para contener la marea de manifestantes agolpados frente al improvisado escenario. Pablo supo de inmediato dónde ubicar su nueva escena:

10. EXT. MANIFESTACIÓN. DÍA.

Y entonces esperó a que su musa empezara a dictar.

La calle está invadida de manifestantes. Muchos llevan pancartas. Todos aclaman a JULIO, orador principal de la jornada, que habla desde un pequeño e improvisado escenario. Su presencia es magnética. La masa lo escucha con atención.

JULIO

¡Compañeros, estamos aquí para rendir un pequeño y sincero homenaje a la memoria de Nicola Sacco, italiano, militante anarquista, zapatero y padre de familia, injustamente acusado junto a Bartolomeo Vanzetti de un crimen que jamás cometieron...!

El público rompe en espontáneos aplausos y vítores. Entre los presentes están LUZ y TINA, que saca fotografías del momento. TINA se pega a LUZ para hacerse oír.

TINA

¿Y ése quién es?

LUZ

Julio Antonio Mella. Cubano. Qué hombre más guapo, ¿no?

Las pancartas se apiñan las unas contra las otras, sombrean las cabezas de los trabajadores. "Toda la tierra, no pedazos de tierra", "No más patrones explotadores", sostienen las manos curtidas por el sol y la labor obrera. La marcha ha sido un éxito: el poder de convocatoria ha dejado impresionados a los mismos organizadores. Hasta la temperatura ha confabulado a favor del evento: por el momento el cielo se ve despejado, aunque la ciudadanía sabe que no se puede confiar en el clima, especialmente cuando se atraviesa la temporada de lluvias.

Tom se abre paso entre las columnas de hombres y mujeres vestidos con los más llamativos atuendos. Algunos han decidido pintar sus cuerpos con los colores del arcoiris. Otros visten solo diminutos y estrechos pantaloncillos y ondean carteles que chillan "100% gay", "Alto a la homofobia". Pablo viene un poco más atrás, cumpliendo su promesa de estar presente para la marcha. Tom frena el entusiasmo de sus pasos, regresa en busca de su novio que se ha quedado algo rezagado. Sabiendo que ese día todo se vale, lo besa ante la vista de un puñado de familias que tienen la desgracia de ir pasando por ahí y presenciar el espectáculo. ¡Degenerados! ¡Pedófilos, deberían encerrarlos! El contraataque de inmediato es abucheado por la masa colérica. La música retumba en las bocinas de un interminable convoy de carros alegóricos en donde mujeres y hombres se besan con los de su mismo sexo y bailan luciendo sus cuerpos y disfraces.

—¡Gracias por venir! ¡Te amo, *baby*! —le gritó Tom a Pablo, arrebatado de euforia.

Pablo no respondió. Con el rabillo del ojo vigilaba a Tina avanzar silenciosa a su lado, tan acostumbrada a las protestas, el griterío y la acción callejera. Estaba escrito en las estrellas que ella tenía que conocer a Julio durante una marcha. ¿Qué otra actividad podía unir a dos seres que nacieron para dar la cara por los sin voz?, reflexionó Pablo mientras se dejaba guiar por la mano de Tom que coreaba a todo pulmón: "¡Detrás de las ventanas se esconden las lesbianas, detrás de los balcones están los maricones!".

Las cifras dadas por los organizadores hablaron de más de 120 mil almas reunidas ese sábado 18 de agosto de 2001. La policía señaló que no más de 10 mil personas llegaron al monumento del Ángel de la Independencia. Algunos periódicos en su edición online calcularon en 100 mil los asistentes a la marcha, comentando que la gente gay de la Ciudad de México mostró que a la hora de exigir sus derechos humanos y reivindicar su identidad, sabía decir presente.

¿Cien mil compañeros?, exclama Julio apenas termina su discurso y empieza a bajar la precaria escalerilla que lo lleva de regreso hasta la calle. Cien mil adherentes a quienes entregué un mensaje de unidad, de lucha, de no permitir más atropellos, anotó más tarde en su diario íntimo bajo la fecha del 15 de agosto de 1927.

JULIO va bajando del escenario rodeado de compañeros que siguen vitoreándolo. Al pie de la escalera está TINA, la vista clavada en él. JULIO se detiene al verla. TINA extiende una mano.

TINA

Congratulazioni.

JULIO

Gracias, compañera.

JULIO retiene la mano de TINA unos instantes entre la suya. Sus ojos se inmovilizan en ellos mismos.

Primer plano de TINA, encantada mirando a JULIO.

Pablo los vio cara a cara, fue testigo del instante mismo en que todo nació: Tina sonrió con esa boca que Edward Weston había fotografiado hasta el cansancio y Julio, de tan sólo veintidós años al momento de su primer encuentro, echó mano al brillo juguetón de sus ojos para enamorarla en el acto. Ahí estaba: el comienzo de su guión, la primera piedra de la historia de amor que estaba escribiendo. Deseó regresar corriendo a su oficina y encerrarse a diagramar la escena, pero Tom le impedía despegarse de su lado. "¡Dios nos acepta tal cual somos!" gritaba su novio al tiempo que los cuerpos de Julio y Tina se estremecían al compás de "¡Abajo la explotación!" A Pablo le pareció que era imposible que la fotógrafa no sucumbiera ante el atractivo físico del cubano. Iluminado por el sol de 1927, Julio era un príncipe de mirada intensa y una sonrisa que derretía el hielo. Tina le hizo un gesto a Pablo: ven, *cucciolo*, acércate, mira a través de mis ojos, vive en mi piel para que puedas escribir de mí. Por eso te elegí, por eso me convertí en tu musa. Porque a través de ti voy a revivir a mi *bambino*. Gracias a tu historia, que es la mía, lograré arrebatarle a la tierra el cuerpo de mi inspiración. Él no tenía que morir. Porque junto con él se fue también mi arte, el valor que me hacía mirar el mundo a través de una cámara fotográfica. Escribe. Hazlo nacer de nuevo. Levanta su cadáver hecho cenizas, sopla sobre tus letras para que se hagan piel, y huesos, y ojos, y piernas, y pulmones, y él camine una vez más a mi lado. ¡*Parla*, Julio!

Entonces Pablo fue testigo de la delicadeza con la que Julio le tomó la mano, porque fue su mano la que cogió. Fue a él —a ella— a quien separó del tumulto cuando el cielo se apretó de golpe y comenzó a caer un aguacero. La traición del clima que, sin embargo, selló el destino de la pareja. Su cintura se hizo sonrisa cuando él la rodeó con su brazo, y le susurró al oído un coño, qué suerte tuvimos de habernos encontrado. Buscaron refugio en una calle lateral, bajo el alero de un edificio: un breve pedazo de techo que sobresalía lo justo y necesario para que un par de personas se protegieran las cabezas en caso de una lluvia inesperada. Pablo descubrió que en el preciso instante en que Julio la besó por primera vez, ella estaba pensando en su tierra natal, en pan recién hecho, en un arbusto vibrante de luciérnagas. Por eso Tina se entregó a él del mismo modo que un recién nacido aprende a llorar: por supervivencia. El beso entre ambos fue el largo anticipo de lo que vendría a continuación. Las gotas de agua formaban un muro al otro lado del portal que eligieron para seguir adelante en sus caricias. Julio le levantó la falda, dejó a la vista ese par de piernas perfectas enfundadas en medias de seda. Pablo sintió las manos desabotonando la blusa, avanzando más allá de la tela rumbo a la piel. ¿Tina...? Alcanzó a reconocer la voz de Luz, buscándola aún sumergida en la multitud de manifestantes. ¡Pablo!, exclamaba Tom al descubrir de pronto que su novio se había soltado de su mano. Con la urgencia de la situación y la edad, Julio la acorraló contra el muro, la cubrió con su aliento y se abrió paso en ella que no opuso ninguna resistencia. ¡Tina! ¡Pablo! Las voces de Luz y Tom se acercan mientras la excitación crece. Los gritos de miles se incrementan porque ahora se escuchan sirenas: es la autoridad que llega a dispersar las masas. La provocación final contra obreros y homosexuales que, por unas horas, tuvieron la falsa ilusión de que la ciudad les pertenecía. Los agentes del orden acosan con sus armas en ristre, golpean, detienen, intentan alcanzar a los que lanzan piedras o insultos que, para ellos, son la misma cosa. Tom recorre las calles, desesperado porque no lo encuentra, no sabe dónde se le fue su hombre. Luz avanza empujando a quien le cierre el paso, sintiendo que Tina es su absoluta responsabilidad y que tiene que volver con ella sana y salva. Ambos se encuentran de pronto corriendo contra la corriente que se les viene encima y que ellos sortean con pericia. La lluvia arrecia, el agua rebota al chocar contra el pavimento. Por alguna razón deciden aventurarse por una calle lateral: tal vez conocen demasiado bien al objeto de su búsqueda. Avanzan buscando indicios en cualquier parte. Cada nueva sombra que cazan al pasar es una posibilidad de encontrar a quien han perdido. Y ahí están, medio ocultos al amparo de un portal. Trenzados en un abrazo que no deja nada a la imaginación, fuego puro que evapora las gotas que se atreven a tocarlos.

Entonces los caminos se separan: Luz se lanza sobre Tina, la jala hacia ella por un brazo. Tom no es capaz de moverse al descubrir a Pablo encajado entre las piernas de uno de los integrantes de la comisión de medios. Luz logra que Tina se vaya con ella mientras Julio se acomoda la ropa y le pide que por favor vuelvan a verse pronto, camarada Modotti, ha sido un verdadero placer. Tom sigue paralizado cuando la patrulla policial le roza el cuerpo y frena estremeciendo la calle mojada. Dos agentes saltan fuera del vehículo y se le van encima a Pablo y al otro tipo que no opone resistencia. Pablo, en cambio, suplica que lo suelten, que eso es un abuso de poder, que por favor le crean cuando dice que no sabe qué está haciendo ahí, que no conoce al hombre semidesnudo que está a su lado, que él vino acompañado a la marcha por Tina Modotti y Julio Mella, que no entiende por qué lo dejaron solo, ¡Tina!, ¡Tina!, que no acepta los cargos de ofensas a la moral y a las buenas costumbres. Tom, desde la distancia, quisiera morir en ese instante atravesado por un rayo de tormenta: que su cuerpo entero quedara reducido en un montoncito de ceniza húmeda.

Pero lo más cercano a la muerte es cerrar los ojos.

Cuando los abre, descubre que está dentro del carro alquilado, en la puerta misma del hotel Radisson. Tiene una aguda molestia en la frente, a la altura de la sien derecha. Se palpa la zona pero un brutal ramalazo de dolor le echa hacia atrás la propia mano. Está sentada en el asiento del copiloto, con el cinturón de seguridad cruzado sobre ella. ¿Qué pasó? ¿Quién manejó el vehículo hasta ahí? En ese momento uno de los botones sale del interior del lobby y la reconoce. El rostro del muchacho acusa el impacto de verla, y de inmediato entra corriendo al hotel. Eva hace el intento de incorporarse, pero el cuerpo entero se queja y le pide inmovilidad. En el cenicero del auto una colilla de cigarrillo termina de quemarse y ahúma el interior. De pronto, un manotazo en el vidrio de su ventanilla la hace saltar. Cuando voltea, se encuentra con el rostro descompuesto de Willy que grita que saque el seguro de la puerta, ahora, abre, *fuck you Eva, never do this again! How dare you!* Eva, como en una película cuya escena avanza en cámara lenta, estira sus dedos hasta rozar el botón que bloquea y libera el pestillo. Entonces varias manos se precipitan hacia el interior, hay ruegos que piden una ambulancia, un médico, otros recomiendan que la dejen ahí, que puede tener algún hueso roto, que mejor los paramédicos se hagan cargo y sean ellos los que tomen las decisiones. Alguien suplica que llamen a Frank Crow, el insoportable manager que ya estaba amenazando con demandas internacionales, y le informen lo que está sucediendo. ¡Avísenle al *gringo* ése que la güerita ya apareció, sana y salva! Eva intenta retener la última imagen antes de perderse en el centro de la luz blanca, allá en la casa de Pablo Cárdenas: la silueta de Tina Modotti acercándose a ella, desmadejada al pie de la escalera. Sintió claramente sus dedos tibios rozarle una mejilla, pedirle perdón por la caída involuntaria. Luego Eva trató de mantener los ojos abiertos, pero no fue capaz. Y mientras siente que el revuelo de urgencia crece a su alrededor y en torno al auto, decide que lo mejor que puede hacer es cerrar los ojos una vez más, a ver si así la Tina del chalet regresa a su encuentro y le explica qué mierda está pasando.

—No era yo. Era ella.

Tom permaneció en silencio. Al otro lado de los barrotes, hundido en lo que parecía un mar negro hecho sólo de oscuridad y manchas de humedad, Pablo se esforzó en esbozar una respuesta que lo justificara. Pero no hubo caso. El mundo entero desconfiaba de él y pese a sus reclamos y amenazas iba a tener que pasar la noche en el calabozo de la delegación policial. Su novio no le había vuelto a dirigir la palabra. Lo oyó a lo lejos hablar con el agente de turno, con el abogado que mandó a llamar de inmediato y que le exigió presentarse lo antes posible. Lo escuchó discutir, quejarse y rendirse ante la irrevocable sentencia a lo largo de las horas que siguieron a su arresto. Cuando lo autorizaron a asomarse en el calabozo, a Pablo le pareció tan absurdo y fuera de lugar verlo aún vestido con sus pantaloncitos de jeans y su camiseta estrecha que decía "*Open 24 hours*".

—Tom, no era yo. Te lo juro. ¡Yo era Tina!

Pero su novio siguió en el más completo de los desprecios. Salió con un gesto de su mano que pareció decirle "hasta mañana", dejando tras de sí su tristeza escurriendo en los barrotes. Ya no había nada que hacer. Pablo se ovilló en el suelo del mismo modo que Tina, ochenta años antes, se acurrucaba sobre su cama en busca de consuelo y alivio a sus horas de presidio. En ambos casos, la primera noche de cárcel no hubo luna para iluminar las horas de desvelo.

DIEZ

EL PROBLEMA DE LA VIDA

Cuando por fin abrieron la puerta del calabozo, varios pensamientos se le agolparon simultáneamente al interior de la cabeza de Pablo Cárdenas. Pero el que ganó la carrera, y logró imponerse como la gran preocupación del momento, fue la inquietud por saber si al regresar al departamento aún estaría ella esperándolo en la esquina de su estudio. No cabía duda de que ése era el sitio predilecto de la fotógrafa. Desde ahí, la sentía rondar a sus anchas cuando él se sentaba a conjurar sus letras para volver a Julio Mella a la vida. A veces le parecía que ella suspendía una de sus manos sobre su hombro derecho, como aprobando un diálogo que él acababa de inventar. En otras ocasiones, podía sentir el vientecillo frío de su aliento soplarle alguna palabra al oído. Entonces, Pablo apretaba la tecla *delete* y corregía el rumbo de la escena. Qué suerte tenía de haberla encontrado.

Después pensó en Tom. Pero no fue capaz de seguir adelante, y puso la mente en blanco.

Al salir, encontró la calle invadida por charcos de lluvia que reflejaban a la inversa el cielo apretado de nubes. Así tiene que haberse visto el asfalto de Abraham González cuando le dispararon a Mella. Concluyó que la simple imagen de un pavimento azulino de agua de invierno era suficiente para otorgarle profundidad dramática a una escena. No es lo mismo caer abatido por un disparo sobre un prado de hierba fresca y olorosa, que contra adoquines sucios y empapados. Le costó reconocer en qué sector de la ciudad se encontraba. Por alguna razón todo lo que tenía que ver con el hecho de su detención y los motivos que la provocaron, estaba cubierto por una ventisca que no le permitía recordar nada. Sólo la imagen de Tina, guiándolo de la mano rumbo a su encuentro con Julio, en un lejano portal de una calle lateral, conservaba la categoría de acontecimiento que ha pasado a la historia y que ya nunca podrá ser borrado de la mente. Pero haberse encontrado de pronto entre las piernas de uno de los compañeros de comisión de Tom, contra un muro sucio y siendo amenazado por dos policías que le ordenaban que se subiera a una patrulla, no podía ser sino una mala pesadilla que él no recordaba siquiera haber soñado.

Cuando descubrió que estaba demasiado lejos de su edificio, vio frustradas sus intenciones de regresarse caminando. Pensó en llamar a Tom para que fuera por él, pero abortó de inmediato la idea. Se metió la mano al bolsillo: todavía tenía algunos billetes. Avanzó hacia la esquina, e hizo parar un taxi.

El vehículo enfiló directo por Periférico. Pablo pegó el rostro al cristal de la ventanilla, y dejó que la enorme avenida desfilara frente a sus ojos. Cuando la película de la ciudad se deformó a causa de la lluvia que comenzó a caer, agradeció estar bajo techo. La lluvia siempre llega a complicar las cosas, pensó. Y a ver cómo resuelvo ahora el huracán que debe estar asolando mi departamento.

Cuando abrió la puerta, sonrió por anticipado al creer que Tina saldría a su encuentro. *Benvenuti, caro!* Pero no fue así. En medio de la vasta desolación que se respiraba en el aire del noveno piso, descubrió a Tom inclinado sobre el lector de CD's, apretando la tecla de play. Comenzó a sonar la canción "I deserve it", de Madonna. Sostenía la caja del disco en la mano, contemplando en silencio la fotografía de la portada. Pablo se lo había regalado hacía seis meses, una de las últimas veces que habían decidido pasar juntos la tarde de un domingo. Tom giró la cabeza y le clavó una mirada hecha de ruinas. Pablo tuvo miedo porque no sintió nada. Y no hay miedo más feroz que cuando el corazón descubre que ya no siente nada. Intentó rescatar al menos un jirón de lástima en el pozo oscuro de su pecho, pero no lo consiguió. Estás siendo cínico, se dijo. Pero ya era muy tarde para intentar cambiar. Apretó con fuerza los puños y se mordió el labio inferior.

This guy was meant for me,
and I was meant for him.
This guy was dreamt for me,
and I was dreamt for him...

Fue entonces que vio la maleta junto al sofá: obesa, conteniendo en su estómago hambriento lo que suponía eran las pocas pertenencias del que había sido su novio. A un costado de la mesa del comedor se acumulaban un par de cajas de cartón, cerradas con cinta adhesiva. Tom se enderezó y avanzó hacia Pablo, que intentó decir algo, pero los pulmones se le apretaron de golpe hasta convertirse en dos inútiles bolsitas de papel. Tom le tomó la mano, le abrió los dedos y, sobre la palma, le dejó sus llaves. Temblaba.

Many miles, many roads
I have traveled, fallen down on the way.
Many hearts, many years have unraveled…
Leading up to today.

Era obvio que Tom no había dormido en toda la noche. Tampoco se había afeitado. La sombra de la barba incipiente le daba el aspecto de un náufrago cuya embarcación, en la que tan seguro viajaba, había zozobrado para luego irse a pique. Y ahora, olvidado en la orilla de una isla desierta, se preguntaba qué mierda hacer. Para dónde seguir. Pablo deseó tanto tener una respuesta. Tú eres escritor, se dijo. No seas cabrón. Dile algo que sea capaz de mitigar su dolor. Inventa una excusa que parezca cierta, regálale un consuelo que lo ayude a sobrellevar este momento. ¿Dónde estaba Tina para ofrecerle uno de esos diálogos tan precisos y humanos que conseguía con sólo soplarle al oído?

Not running from the past,
I tried to do what's best,
I know that I deserve it…
And I thank you.

Pero sólo fue capaz de seguir apretándose el labio inferior.

Tom fue hasta la maleta. La tomó con una mano. Se echó al hombro una mochila que también iba a reventar. Sin falsos suspensos avanzó directo hacia la puerta. Antes de salir, ladeó la cabeza y dijo:

—Pensé que el amor duraría para siempre. Pero me equivoqué.

No hizo falta una respuesta. Ya estaba todo dicho. La despedida duró exactamente lo mismo que la canción: cuatro minutos y veintitrés segundos. Pablo se dio cuenta de que un hilillo de sangre caía por su mentón, y que su labio inferior lloraba lo que él, muerto en vida, ya no podía llorar.

Por presión de Willy, el doctor accedió a dejar a Eva en observación médica la noche entera. La producción se encargó de llenar de flores el cuarto privado, con vista a las Lomas del Pedregal, donde la actriz fue acomodada. La ingresaron con un nombre falso, cosa de evitar que el lugar se llenara de periodistas buscando alguna exclusiva. Pero nada de eso convenció a Eva: ella quería regresarse al hotel. Insistía en que tenía que terminar de estudiar las últimas escenas que le quedaban y que no iba a dejar que la filmación se detuviera por su culpa. Estaba sana. Sólo se había golpeado la cabeza al caer unos peldaños. Pero Willy fue inflexible: o se quedaba esa noche internada o él al día siguiente la subía al primer avión de regreso a Los Ángeles.

Eva conoce perfectamente el tono de voz de su marido: sabe que no está jugando. Por eso decide no agitar más las cosas, se mete en la cama, y deja que una enfermera se haga cargo de su vena y de acomodarle la aguja de un suero. Antes de que tenga tiempo de preguntarle qué le están inyectando, escucha una voz que le explica que le aplicarán un sedante, para que tenga una buena noche, sin sobresaltos. Antes de que los ojos se le cierren, alcanza a sentir los dos labios de Willy, tibios y mullidos, oprimirse contra su frente. *Love you, baby.* Y ella hubiera querido responderle que también lo amaba mucho, que si se estaba quedando en ese hospital era sólo por él, por darle gusto, pero no fue capaz: sintió que el colchón bajo su espalda se convertía en agua, y una placidez que la hizo sonreír se apoderó de cada tramo de sus miembros.

Ahí estaba: en medio de la nada. Qué bien.

Y entonces escuchó: antes, mucho antes de conocer a Julio, mucho antes de ser la mujer que llegó a ser, Tina tuvo deseos de aprender. Ya no le bastaban sus aventuras cinematográficas, sus apariciones histriónicas en la pantalla grande personificando a heroínas frágiles y siempre al borde de la locura. ¿Estás escribiendo todo lo que te digo? Muy bien, *cucciolo*. Presta atención, porque esta historia tiene muchos recovecos que a veces la memoria confunde o simplemente inventa. Quién sabe. En 1921, Tina fue la modelo preferida del fotógrafo Edward Weston (y Pablo anotó al margen: Edward Henry Weston, 1886-1958). Él convirtió su piel en un lienzo, donde las formas femeninas más parecían suaves paisajes lunares, interrumpidos de vez en cuando por un quiebre de geografía, un ángulo de sombra, porque estás hecha de luz, por dentro y por fuera. Nadie nunca modeló tan bien para mí, Tina. Y ella le creía, y se desnudaba para él. "A veces me parece que no puedo soportar tanta belleza: me abruma y me brotan lágrimas y tristeza, pero esta tristeza parece una bendición y una nueva forma de belleza. ¡Oh, Edward, cuánta belleza has traído a mi vida", escribió ella una noche, a ver si así terminaba de convencerse de sus propios temores: amaba a Weston. Cada vez que él se acercaba, cada vez que su mano acariciaba su cuerpo que ella le regalaba sesión a sesión, Tina confirmaba que la forma más sublime de amor era anhelar alcanzarlo y, sin embargo, temerlo y retrasarlo.

14. EXT. AZOTEA WESTON. DÍA.

TINA, desnuda, recostada sobre una manta de líneas verticales. Mantiene una pose. EDWAR WESTON (treinta y ocho años) se acerca a ella y corrige un poco la postura.

EDWARD

La pierna, Tina. Dobla un poco más la pierna. La planta del pie hacia mí.

TINA hace lo que EDWARD dice. Él regresa junto a su cámara fotográfica. Antes de disparar, mira hacia el cielo, comprueba la luz del sol brillar sobre la piel de TINA. Sonríe, satisfecho. Dispara el obturador.

TINA se incorpora. EDWARD se queda mirándola en silencio unos instantes, embobado.

EDWARD

Si pudieras ver de qué manera brilla la luz sobre tu piel. Lo única que te ves.

TINA

Fuiste tú quién me enseñó que todo puede ser hermoso, Edward. Incluso lo que no es arte.

EDWARD

Si no es arte, no hace falta, preciosa. Y tú sí haces mucha falta.

TINA sonríe, agradada. Se arropa con una bata. Se acerca a la cámara fotográfica. La examina.

TINA

Dime la velocidad exacta del obturador.

EDWARD

¿Para qué?

TINA

Para seguir aprendiendo.

EDWARD

En este momento eres mi modelo, no mi aprendiz.

TINA se acerca a EDWARD, provocativa. Sonríe, juguetona. Cruza sus brazos en torno al cuello del hombre, roza sus labios con los de EDWARD.

TINA

Yo soy tu aprendiz del pasado, del presente y ojalá del futuro, *amore*.

Tina se consiguió una pesada cámara Korona, un monstruo de madera lleno de bisagras y lentes que se sostenía en su sitio gracias a un trípode. La primera vez que acercó su ojo al visor sintió que el mundo entero cabía dentro de su pupila: ahí estaba el universo reducido a una gota prístina que ella podía congelar con sólo conjurar su mecanismo de luces, espejos y sombras. En un pestañeo nos jugamos el arte, le enseñó Weston, y ella no volvió a dormir tranquila. Temblaba de pies a cabeza la primera vez que oprimió el obturador de su Korona. Esa tarde se encerró con su maestro en el cuarto oscuro, donde fue testigo del prodigio: Weston vertió un líquido dentro de un recipiente. Desenrolló el negativo, lo sumergió ahí un tiempo. Tina no se atrevía ni a pestañear. Quería presenciar el momento exacto en que ese borrón gris que exhibía el papel fotográfico comenzara poco a poco a mostrar el primer trazo, su primer milagro de dueña del tiempo. Se inclinó sobre el material, sabiendo que tras ella los latidos del corazón de Weston también se aceleraban, pero por otras razones. No iba a saberlo ella. Sintió aquellos diez dedos rozar su cintura, bajar por la curva de sus caderas hasta la mitad de los muslos. Ella echó el cuerpo hacia delante, los ojos fijos en una ligerísima línea recta que comenzaba a dibujarse en la superficie de su retrato. Una línea que se fue haciendo más gruesa, más definida, como las caricias que ahora intentaban separar sus carnes y que le susurraban palabras que ya no era capaz de comprender: su atención entera se concentraba en el nacimiento del que era espectadora. La respiración de Weston se le pegó a la nuca, y sus sentidos tuvieron que librar una batalla para repartirse entre tanto estímulo. Tú eres mi gran secreto, Tina. La forma sublime del amor. Ahí estaba ella, hecha arcilla entre las manos sabias del hombre más interesante que había conocido, y convertida en madre infinita de hijos estáticos que sin embargo hablaban a gritos a través de sus formas. Tienes que aprender a resolver el problema de la vida perdiéndote en el problema del arte. Entrégate a tu arte, Tina. Piérdete en él. Como yo. *Dio*, si la vida fuera tan fácil... Yo trato, pero no puedo, soy tan ineficiente... Piérdete, Tina. Entrégate...

Pablo necesitó un segundo para recuperar el ritmo de su propia respiración. La imagen de Tina y Weston haciendo el amor le trajo a la memoria el desolador recuerdo de Tom. ¿Hacía cuánto que se había ido? ¿Ayer? ¿Una semana? Quiso detenerse para calcular los días, pero la narración de Tina comenzó nuevamente a apremiar y no tuvo más remedio que sumergir los ojos en la pantalla luminosa de su computadora que esta vez se llenó de un primer plano del rostro de Weston, la mirada turbia, los labios entreabiertos, un quejido de placer que amenazaba con reventar pero que sin embargo seguía ahí, latiendo, en una pulsión que parecía no tener fin. Tina se dejaba tocar. En completa entrega. Edward la hizo descubrir que el poder animal se escondía entre las piernas, en ese breve pero fulminante trozo de carne que era capaz de vencer a un ejército de proporciones legendarias sólo cuando se trataba de satisfacer sus necesidades.

—Quiero que te vistas con mis ropas —le dijo él un día.

Y ella accedió, claro. Porque una alumna jamás contradice al maestro. Weston le entregó una de sus camisas, un pantalón negro, sus zapatos elegantes. Incluso le acomodó un sombrero en la cabeza. Pero algo hacía falta, pensó. La pantomima no estaba del todo completa. Entonces regresó con un corcho que quemó en la llama de una vela, y le tiznó un bigote sobre el labio superior. Luego de eso, Weston se puso el kimono de seda, simuló dos enormes pechos falsos que sujetó con una bufanda y así, convertido en un espejismo de Tina, se le fue encima arrastrándola al borde de la confusión, del deseo sin límite. Qué hermoso, Edward, me repito una y otra vez tu nombre, una y otra vez, como la música de ese organillero que siempre toca bajo la ventana... Si la vida fuera tan simple como esa música hecha de cuatro o cinco notas. Sigue, no te vayas, desnúdeme, señor, suplicaba él equilibrándose sobre el deseo construido entre vapores de alcohol y humos de hierbas secretas, piérdete conmigo, mientras Tina besaba le besaba la boca pintada con su propio lápiz labial.

La casa donde vivían, de dos amplios pisos, estaba ubicada sobre la avenida Veracruz, en plena colonia Condesa. A Tina le gustó desde el primer momento que la vio a causa de su singular forma triangular: siguiendo la línea de esquina donde estaba emplazada, uno de sus costados terminaba en una curiosa cuchilla que simulaba la proa de una embarcación. Tal vez por eso, o quizá por las dos redondas ventanas tan similares a un par de claraboyas, fue que la bautizaron como El Barco. Lo primero que Tina hizo cuando les entregaron las llaves fue plantar geranios en la azotea, una enorme extensión de cemento y tinacos siempre reverberantes de sol y energía. Al cabo de poco tiempo, su nueva casa navegaba en aguas felices. Y ella aprendía pulso a pulso, día a día, a dominar su Korona, a revelar con mayor precisión, a generar ampliaciones usando un viejo truco que Weston le enseñó: a partir del negativo original, se hacía un positivo ampliado. Y, de éste, obtenía un nuevo negativo más grande que empleaba para hacer la impresión final por medio de un contacto.

—Muy bien —le decía él—. Vas muy bien. A ver si algún día logras superar a tu mentor.

Y ella temblaba: primero tenía que aprender a resolver el problema de la vida perdiéndose en el problema del arte. Necesitaba una musa. Un cuerpo ajeno que fuera la fuente de su inspiración.

15. INT. SALA CASA EDWARD. NOCHE.

TINA y EDWARD celebran una de sus clásicas fiestas de "Martes de carnaval": mucho alcohol, monumentales cantidades de espagueti y numerosos amigos. Todos están disfrazados. EDWARD está vestido de mujer, con pechos, medias, una bata y maquillaje recargado. TINA está vestida de hombre: se ha puesto un traje de EDWARD, anda con su pipa y se dibujó bigotes. Ambos están bailando un corrido mexicano, TINA guiando a EDWARD. Todos los presentes se ríen a gritos, borrachos y muy divertidos. LUPE, la mujer de DIEGO, está bastante ebria y enfurecida.

LUPE

¡Basta, esto me parece tan decadente...!

EDWARD se separa de TINA y va hacia LUPE, bamboleando sus falsos pechos hacia ella.

EDWARD

(Burlón, borracho)

¡*Come here*, Lupe, tal vez lo que te hace falta es experimentar con una mujer...!

LUPE

¡No te me acerques!

EDWARD

¿Qué pasa, Diego...? ¿Acaso nunca le has dado permiso a tu mujer para que se entregue a otra...?

DIEGO

¡Que haga lo que quiera...!

Edward se acerca a Lupe, la toma por el cuello, y la atrae hacia él. La besa en los labios con fuerza y rudeza. Todos los presenten aplauden, frenéticos, incluso Tina ríe a mandíbula batiente. Lupe se separa, aún más enfurecida. Empuja hacia atrás a Edward, que pierde el equilibrio y cae al suelo.

—¡Yo me voy de aquí...! ¿Diego? —pregunta, encarando a su marido.

—No chingues, mujer.

Lupe, furiosa, sale azotando la puerta de la casa. Se produce un silencio incómodo en el ambiente. Tina intenta sentarse, pero el suelo se ha convertido en una escalera, donde los peldaños son pequeños y todos están en diferentes niveles. Y se ríe con estertores, porque comprueba que la marihuana ya ha hecho efecto en su cuerpo menudo y fácilmente reconocible.

—Por eso quiero regresarme a San Francisco. Los mexicanos no tienen humor —sentencia Weston que ya no sonríe y no hace el menor esfuerzo por evitar esa sombra de desilusión que le sube por el rostro.

—Mi mujer está loca —se queja Diego.

—No es sólo ella. ¡Los mexicanos no saben apreciar un chiste, ni siquiera saben apreciar el arte…!

Tina deja de reír: la noche se ha despeñado hacia un lugar que ya no le gusta. México es su casa. En sus aguas navega su barco de ventanas redondas y azotea celestial. Y no va a dejar que nadie, ni siquiera el hombre que cada noche la lleva de paseo por el infinito, hable mal de su hogar.

—Los oía reírse a todos como bobos delante de mis desnudos fotográficos… ¡Lo que yo hago es arte, no pornografía para mirar con cara de adolescentes calientes! —exclama el fotógrafo rumbo a la mesa donde lo espera la última botella de tequila.

Diego le responde que México es la cuna del nuevo renacimiento, que no chingue y que le sirva también un nuevo trago, pero Edward ya no escucha. Está furioso. Se abre la bata, se quita de un manotazo los postizos del pecho. Contrae el bigote que se aprieta como un gusano al que han herido de muerte, y sigue adelante con sus reclamos.

—¡Pues entonces regrésate a tu imperio, pinche gringo! —grita alguien desde una esquina.

Tina se pasa el dorso de la mano por el labio superior, borroneando el dibujo de su bigote.

—México se parece mucho a Italia. Muchísimo. Por eso cuando estoy aquí me siento como mexicana... —sentencia. Voltea hacia Edward y le clava la mirada, seria—. Y no voy a permitir que hables así de este país.

—Pues entonces, quédate. Y descubre tú misma en qué te convierten los mexicanos.

EDWARD camina hacia el interior de la casa. Se produce un nuevo e incómodo silencio.

TINA

Pues sí. Me quedo.

Y fin de la escena. Se corta en primer plano del rostro de Tina, resuelta, con la mancha oscura de lo que era el bigote de su disfraz bailándole sobre la boca. Gran momento de giro, en donde la heroína de la película se separa física y emocionalmente del que hasta ese momento era su guía. Ahora tendrá que seguir sola. Ya no contará con su apoyo. Tendrá que abandonar El Barco, en busca de un propio espacio que colonizar. Es el punto más alto del segundo acto.

Pablo supo que Tina estaba cansada. Habían sido horas, o quizá días, muy intensos. El guión avanzaba y nada parecía capaz de interrumpir el proceso de escritura. Tina regresó a su esquina, bajó la cabeza y apoyó el mentón contra su pecho. Y se quedó ahí, quieta, convertida en una silueta imprecisa que amenazaba con desaparecer al primer golpe de viento. Pablo la imaginó en esa misma posición junto a la ventana de su habitación, prisionera allá en el departamento del quinto piso del edificio de Abraham González, condenada a observar todo el día por la ventana. De tanto mirar la misma calle, habrá creído enloquecer. Y en medio de esa locura, habrá jurado algún día contar su historia, la verdadera historia, una historia que va a hablar de vida, de amores, de arte, de inocentes que fueron condenados y de culpables que perdieron la razón por culpa de la misma pasión que a ella la salvó.

70. INT. SALÓN REUNIONES JUZGADO. DÍA.

Han acomodado el salón como un improvisado lugar de proyecciones. Dos FUNCIONARIOS terminan de instalar una sábana blanca en una pared, que hace las veces de telón, mientras otro cierra las pesadas cortinas de las ventanas. Otro FUNCIONARIO inserta un rollo cinematográfico en un proyector. La puerta se abre y entran QUINTANA y RODRÍGUEZ.

QUINTANA

¿Estamos listos?

Uno de los FUNCIONARIOS apaga la luz. QUINTANA toma asiento frente al telón. En ese instante, el proyector se enciende. El telón se llena de luz blanca. Y en medio de esa luz aparece el rostro de TINA, actuando en el film mudo *The Tiger's Coat*. Su presencia es hipnótica. QUINTANA se inclina hacia adelante, incapaz de desviar la mirada de la película. Sus ojos se clavan en el enorme rostro de TINA que domina la pared del salón. El ruido que los FUNCIONARIOS hacen se va silenciando poco a poco. Todos están inmóviles mirando la pantalla. Una gota de sudor cae desde la sien de QUINTANA, pero él está demasiado ocupado mirando a TINA, y no se da cuenta. Al final, sólo oímos el jadeo de su respiración alterada.

CORTE A:

Sale poco a poco, con la lentitud de un recién nacido que es devuelto al mundo desde el más allá. Tiene la sensación de que cada uno de sus miembros le pide permiso al contiguo para despertar. La ventana está completamente a oscuras. Por un instante tiene la certeza de estar en la habitación del Radisson, le bastará girar el cuello para ver la hora en el reloj de la mesita de noche. Pero el reloj no está. Ni tampoco la cama donde ha estado durmiendo el último mes y medio. Ni Willy. A su lado sólo hay una bolsa de suero que gotea ese líquido mágico que la ha sumido en un sueño profundo. Repasa su nombre. Sus dos apellidos. La fecha, el año. 2008. Todo parece estar funcionando dentro de mi cabeza, concluye con alivio. La tenue luz de una lamparita lateral le permite reconocer muebles y objetos en lo que primero fueron sólo manchas más negras dentro del negro general. El hospital. La ventana que miraba a las lomas de la ciudad. El golpe en la cabeza. La amenaza de su marido y la angustia de la producción. Todo regresa en una ola brusca que revienta con furia en la orilla de su mente. Quiere sentarse, pero su sien derecha aún late anunciándole que todo movimiento que pretenda ejecutar debe ser realizado con la más delicada de las conciencias.

Frustrada, comprende que no tiene nada que hacer más que pensar. Repasa las escenas que le quedan por filmar, no son muchas. Aún no ha terminado de memorizar la secuencia cuando su personaje se enfrenta a Valente Quintana, y él trata de abusar de ella. Quedó pendiente también la prueba de vestuario para el día de la exposición fotográfica de Tina.

Le dijeron que sería un traje de riguroso negro, probablemente con un *turtleneck* como viste la italiana en la única imagen del evento que existe en la Biblioteca Nacional.

La manilla de la puerta gira, despacio. Ojalá sea la enfermera y que venga a administrarle una nueva dosis de sedante. Despertarse en mitad de la noche, en un hospital donde no conoce a nadie, y en un país que no es el de ella, no es la actividad más divertida ni estimulante del mundo. Pero quien quiera que esté en el umbral se queda ahí, a mitad de camino: no termina de entrar al cuarto, pero tampoco se regresa hacia el pasillo. Eva se medio incorpora en la cama, levantándose apenas y apoyándose sobre uno de sus codos. Efectivamente: hay *alguien* en la puerta. Oye su respiración que intenta mantenerse acompasada, pero que se desordena cada tanto por la excitación peligrosa de lo que está haciendo. Y entonces recuerda en un segundo la llamada telefónica que la despertó a mitad de la madrugada: una llamada en la que nunca nadie habló, pero que dijo mucho con su silencio. ¿Quién...? ¿Por qué a ella?

El visitante da un paso hacia el interior de la habitación. La luz de la lamparita ilumina dos zapatos de hombre, sucios, cubiertos de fango y polvo. Es imposible adivinar el color de la tela del pantalón, a causa de los ininterrumpidos años de uso, tierra y exceso de sol. La camisa parece ser tres o cuatro tallas más grande que el delgado cuerpo que la contiene. Las mangas escurren lánguidas hacia las muñecas, y más allá. La piel del cuello baila dentro de la horma que abrocha el botón superior. Eva no se atreve a seguir subiendo hacia el pellejo del rostro, porque está segura de que no le va a gustar lo que va ver. Entonces, como último recurso para no gritar, cierra los ojos. Pero no alcanza a cubrirse las orejas, y escucha:

—Necesito ayuda.

Es él. Qué quiere de mí. ¡Qué demonios quiere de mí!

—Tengo un problema y necesito ayuda —repite Pablo Cárdenas en un soplo de voz, de pie en la puerta del cuarto del hospital y erguido al centro de una enorme mancha de sombra que parece viajar con él.

ONCE

SEÑORA MODOTTI

El departamento era un asco. La suciedad se acumulaba en las esquinas, a lo largo del pasillo, en torno a los excusados del baño, a la estufa de la cocina, debajo de los muebles. En días de calor, lo peor era el olor. Los vecinos llegaron a quejarse en un par de ocasiones por el tufo a cloaca que se colaba hacia el edificio entero, pero Pablo simplemente no les abrió la puerta. A través del ojo de buey los veía apiñarse en el recibidor, frente al elevador. Al cabo de un tiempo dejaron de molestar, y renunciaron a la idea de seguir tocando el timbre. A veces él pedía comida por teléfono, sobre todo cuando descubrió que ya no le quedaban ollas limpias, o platos, o alimentos dentro del refrigerador que apestaba como un cadáver en descomposición. Al llegar el repartidor con una pizza, sushi, tamales o tacos —o lo que fuera que él hubiera encargado distraídamente en una breve llamada—, Pablo abría sólo un poco la puerta, lo justo y necesario para estirar la mano con el dinero, temeroso de que alguien algún día descubriera su mayor secreto: su musa. Pero ella era inteligente y nunca se dejaba ver. Cuando los golpes anunciando la llegada de la comida interrumpían sus sesiones de escritura, Tina se replegaba en su esquina y se fundía con las sombras que provocaban las pocas ampolletas buenas que iban quedando en el lugar. Pablo sabía que esa éra su estrategia para no meterlo en un lío. Entonces él iba a abrir, sorteando con pericia los montones de bolsas llenas de basura, las cajas vacías de jugo, los envases pegajosos de refrescos que atraían moscas y hormigas, las montañas de polvo y pelusas que ya nunca nadie se preocupó por limpiar. Su aspecto físico tampoco volvió a ser motivo de cuidado. Rara vez se afeitaba, y al poco tiempo el jabón se terminó, lo mismo que el desodorante o el dentífrico. Pablo sintió una suerte de alivio de no tener que asearse, porque Tina lo perseguía incluso hasta el baño y lo presionaba para que regresara pronto al escritorio. Vamos, *cucciolo*, ¿qué haces ahí encerrado? Te estoy esperando. Ella no callaba. No callaba nunca. A veces él quería una pausa, dormir un par de horas corridas, o al menos que le permitiera releer lo que había escrito. Pero no había tiempo, nunca había tiempo. Siempre surgía una nueva anécdota, un nuevo diálogo, un nuevo giro sorprendente que desviaba la historia y generaba más escenas y secuencias. La suya era una musa exigente: la más implacable de todas. Su fuente de inspiración poseía un inacabable entusiasmo y una severidad imbatible a la hora de comenzar a narrar su historia. A Pablo sólo le estaba permitido, de vez en cuando, interrumpir para hacer preguntas que abrieran el relato a nuevas vertientes.

—Quiero saber más de Valente Quintana —comentó mientras terminaba de transcribir el último diálogo que le había llegado hasta los oídos.

Entonces la sintió apretar los labios. Tuvo la impresión de que los colores de su cuerpo se intensificaban: se diría que su presencia se hacía más nítida y definida, recortada contra las paredes blancas del estudio.

—¿Qué hizo el detective luego de ver *The Tiger's Coat*? ¿Usó la película como prueba para seguir culpándola por su pasado licencioso?

Pablo iba a continuar con una serie de preguntas, pero ella lo hizo callar con sólo alzar una ceja. Comprendió que las cosas se hacían al paso que ella imponía, de acuerdo con sus intenciones y voluntades. Supo que estaba pensando en Quintana, porque sus ojos adquirieron la consistencia de un pozo de aguas estancadas y una nube oscura le deformó el rostro. Pablo pudo sentir en su pecho el odio ajeno que el recuerdo del detective le provocaba: una viscosa mancha de alquitrán que se adhería a sus paredes internas, intoxicando su sangre, sus pulmones, sus órganos vitales. La boca se le llenó con el amargo sabor del desprecio. Y descubrió que una tarde Quintana llegó hasta el departamento del quinto piso del edificio Zamora. Venía acompañado por un gran número de policías que de inmediato se apostaron de esquina a esquina en la calle, cortando el tráfico y el cruce de peatones. Tina lo vio entrar a su cuarto, de impecable abrigo y sombrero de fieltro, trayendo en la mirada la violencia del menosprecio y ese tan confuso sentimiento que se despertaba en él cuando se enfrentaba a la fotógrafa. Avanzó directo hacia ella, estiró sus largos dedos para tomarla por un brazo, y la obligó a bajarse de la cama.

—¿Dónde me lleva? —lo encaró Tina y lo desafió a un duelo de pupilas.

—Vamos a reconstituir la escena del crimen, señora Modotti.

Tina hubiera dado su vida porque él no siguiera llamándola señora Modotti. Las seis sílabas le rechinaban al interior de las orejas con una vibración ensordecedora, de crueldad pura.

Cuando salieron, ella iba enfundada en un abrigo negro cruzado sobre el pecho, el cuello cubierto por una piel negra que le daba la apariencia de una princesa europea y no la de una prisionera sufriendo arresto domiciliario. Atravesó la calle con el mentón en ristre, la mirada serena, las manos cruzadas a la altura del vientre. Al verla surgir del interior del edificio, todos los ojos se posaron en ella: una verdadera manada de pupilas expectantes, pendientes hasta del más mínimo movimiento de sus curvas, del vaivén de sus extremidades, del sube y baja de su pecho. La primera actriz del espectáculo había hecho su ingreso al escenario. Hasta el viento que cruzaba por encima de las cabezas se detuvo en una reverencia sepulcral. Todo estaba listo para que comenzara la función.

Pablo se acomodó en la silla, anticipando lo que venía: la escena que estaba a punto de escribir sería el gran clímax de la trama policial de la película.

<u>73. EXT. CALLE EDIFICIO TINA. ATARDECER.</u>

El cielo está gris, cubierto de nubes que presagian lluvia. Hay gran agitación en la calle: hay muchos reporteros y fotógrafos apostados a un costado de la vereda. Está repleta de curiosos que han llegado atraídos por las noticias y el morbo.

TINA está rodeada de POLICÍAS que no la dejan en paz. RODRÍGUEZ habla con algunos agentes. QUINTANA conversa con el VECINO y la VECINA que presenciaron el asesinato. TINA descubre a LUZ entre la muchedumbre, que le hace señas de ánimo. TINA intenta esbozar una sonrisa a modo de saludo. QUINTANA se acerca a TINA. Le clava una turbia mirada.

QUINTANA

Vamos a regresar al punto de partida.

TINA

¡Otra vez...!

QUINTANA

Las veces que sea necesario. Usted no se va a ir de mi lado.

QUINTANA le da una significativa mirada que TINA mantiene, firme. Un trueno resuena a lo lejos. QUINTANA mira hacia el cielo, y frunce el ceño.

QUINTANA

Pinche tiempo...

RODRÍGUEZ se acerca a ellos, con una libreta en las manos.

RODRÍGUEZ

Estoy listo.

(A Tina)

Comience con su relato.

—Julio me pasó a buscar a la Oficina de Correos. Eran las nueve y veinticinco en punto, porque vi la hora. Tal como ya les conté, caminamos hasta acá y...

—Imposible —interrumpió Quintana.

—¡Estoy diciendo la verdad! ¡*Dio*, usted no escucha! ¡Nunca escucha...!

—A pie no hicieron ese recorrido. Usted salió a las nueve y veinticinco y el drama se registró a las nueve y cuarenta y cinco, en ese tiempo no se pueden caminar tantas calles —atacó Quintana, sabiendo que no era cierto lo que señalaba.

—Caminamos por Morelos. Íbamos rápido —aseguró Tina.

—Su vecino dice que llegó del lado del Paseo de la Reforma.

Tina voltea hacia el vecino, que se mantiene unos pasos más atrás. Lo mira controlando apenas sus intenciones de lanzarle a la cara un "cómo no voy a saber por dónde caminamos", pero se contiene. El vecino mira a Quintana, se sube de hombros, aprovechando al máximo el inesperado protagonismo que ha adquirido en la reconstitución del crimen.

—No tengo por qué mentir ni engañar a nadie. Soy un ciudadano honrado. Yo la vi llegar de este lado —asegura tratando de sonar lo más convincente posible.

Tina cierra los ojos. Siente que las rodillas están a punto de cederle, y que en cualquier minuto va a caer al suelo convertida en un cuerpo que nadie podrá reconocer, un puñado de carne inservible que el mismo viento y la lluvia se encargarán de arrastrar calle abajo, con rumbo desconocido. Ha escuchado tantas veces la palabra "culpable" hiriéndole los oídos, que está empezando a creer que tienen la razón. ¡Perdón! Yo sólo quería que Julio me durara para siempre, porque él me enseñó a mirar esta tierra de injusticias. ¡Y sin él ya no sé cómo fotografiar el mundo! Tal vez sí soy culpable: de egoísmo. Lo quería para mí, sólo para mí, soplándome al oído el camino que debía seguir: coño, Tina, a todos nos gustaría vivir en un mundo mejor, un mundo más justo, más amable. Y tus fotos tienen que ser un espejo que nos diga cómo somos, qué estamos haciendo bien o qué estamos haciendo mal. Nos tenemos que ver en ellas. Yo me aproveché de ti, *bambino*, y te pido perdón por eso: te usé como una llave para abrir las puertas de mi propio arte. A lo mejor es cierto que sólo soy una feroz y sangrienta mujer que se termina por tragar todo lo que la rodea. ¡Perdón, Julio! *Spiacente*...

—Y ahorita que lo pienso, eran tres los que venían caminando —retoma el vecino, envalentonado por el entusiasmo con el que Quintana lo escucha.

—¿Tres? ¡Éramos sólo Julio y yo! —Tina se agita, saliendo a flote desde lo más profundo de sí misma.

—Yo vi llegar a tres personas, caminando del lado del Paseo de la Reforma.

—La calle estaba a oscuras, era de noche... Había muchas sombras... ¡*Dio*, está mintiendo!

—Estoy completamente seguro de lo que digo. Desconfíe de ella, detective. ¡Ésta era una calle tranquila hasta que esta mujer se mudó aquí!

La lluvia arrecia. Gruesas gotas empiezan a caer sobre la muchedumbre. Se abren los paraguas en una simultánea coreografía que por un instante bloquea el cielo y blinda a la tierra del agua. Tina se mantiene inmóvil, esperando que otros decidan el futuro de sus pasos. ¿Y ahora? ¿La irán a regresar al encierro de su dormitorio?

A estas alturas, el paisaje que la rodea le resulta totalmente conocido. Por alguna extraña razón, el miedo se ha ido, a pesar de que está sola y en territorios que no son los de ella. Siente la mano de su anfitrión sostenerle el codo derecho, guiando su camino rumbo al chalet. Todavía está un poco débil, y le duele la cabeza. Tuvo mucha suerte de que nadie se percatara de que abandonó la habitación del hospital en mitad de la noche, porque no hubiese sabido qué respuesta dar. No era precisamente un secuestro, porque el hombre que caminaba a su lado no ejerció ni el más mínimo apremio para sacarla de ahí. Ella aceptó y se vistió lo más rápido que su debilidad y el calmante que aún le circulaba por las venas le permitieron. Pablo se adelanta unos metros, buscando las llaves de la puerta en su bolsillo. Eva siente algunos goterones de lluvia caerle sobre los hombros. Pero no le importa. Más le inquieta imaginarse cuánto tiempo pasará antes de que alguien dé la alerta en el hospital. Llamarán a Willy, que pensará una vez más lo peor. Amenazará con demandas. La regañará como a una niña cuando descubra la verdad, y a ella no le quedará más que llorar para que él se calme, la abrace y la perdone. Él siempre la perdona. Y ella le contará lo imposible que fue negarse ante la petición de un hombre que parece tener los días contados, que camina como si tuviera un siglo empujándole los hombros hacia abajo, y que ha concebido la película más hermosa de toda su carrera. Ve en el destello azul de los ojos del escritor la invitación a entrar al chalet, y asiente con la cabeza. Sus pasos resuenan en las tablas del suelo cuando cruza el umbral. Pablo enciende una lámpara de sobremesa: la pantalla de tela proyecta el dibujo de la urdimbre sobre los muros. Eva no puede evitar sorprenderse, una vez más, ante la similitud de ese lugar con la escenografía que construyeron para la filmación de la película.

—Me tardé más de tres años en encontrar los muebles exactos —oye a Pablo a sus espaldas, como si adivinara sus pensamientos.

Lo ve surgir de las sombras de la esquina: primero es una mancha borrosa en blanco y negro que se va poco a poco revelando hasta quedar completamente definido.

—Fue ella misma la que me contó cómo era su departamento de Abraham González. Lo corroboré con algunas fotos que encontré. Bienvenida a la casa de Tina Modotti —susurra.

Eva no responde. *¿Fue ella misma la que me contó?* Era obvio que la salud de Pablo estaba afectada: la extrema delgadez, los ojos opacos, el cabello ralo y sin color. ¿Qué había pasado con él? ¿Cómo un ser humano tan falto de energía y entusiasmo podía haber escrito un guión tan intenso y lleno de vida como el de *La mujer infinita*?

—Fuiste tú el que me llevó en mi auto hasta el hotel, ¿verdad? —pregunta recordando su caída en la escalera de esa casa.

Pablo tarda en responder. Asiente.

—Entonces tengo que darte las gracias —le sonríe.

Por un instante tiene la esperanza de que aquel fantasma que se desprendió de la bocanada de un cigarrillo, y que le provocó la caída, vuelva a aparecer. No ha querido pensar mucho en eso, pero ella la vio. Está segura: en el segundo piso, en el breve pasillo que lleva a las habitaciones. Ahí estaba Tina. O lo que quedaba de ella. Su inesperada presencia la hizo perder el equilibrio, retroceder asustada, y tropezar peldaño abajo.

Pablo avanza hacia la Underwood tan parecida a la de Julio Mella. Con mano temblorosa acaricia algunas teclas. Eva está segura de que no tendría la fuerza necesaria para oprimirlas, levantarlas de su descanso y estamparlas sobre un papel en blanco. El corazón se le contrae de tristeza. Este hombre está mal. Muy mal.

—Hace mucho que no escribo —le confiesa con voz hecha de profundo abatimiento—. Mi musa se fue. Me abandonó.

—Bueno, hay técnicas para... —y calla porque la cercanía de Pablo y su olor agrio de cuerpo a punto del derrumbe la aturden unos instantes.

—Tú no entiendes. Ella se fue. Se fue para siempre. Y yo volví a ser lo que era antes de conocerla: un mal escritor.

Eva retrocede un paso, poniendo algo de distancia entre ella y ese hombre que por alguna razón le inspira toda la lástima del mundo.

—Eso no es cierto. Tú eres un escritor maravilloso —le dice con entusiasmo—. Tu guión es una verdadera obra de arte.

—¡Yo la necesito a ella! —ruge—. ¡La necesito junto a mí, soplándome al oído las palabras que no se me ocurren...!

Eva se echa un poco más hacia atrás, alerta. Sin embargo, rápidamente se descubre aliviada al ver que Pablo se aleja hacia el comedor. No quiere asustarse, y se repite a sí misma que el lugar está lleno de adornos que podrían convertirse en un arma de defensa en caso de que las cosas se compliquen más de la cuenta. Le basta con estirar el brazo derecho y tiene a su alcance la colección completa de botellas de colores que reposan en una repisa, a la altura de su cabeza. Además, Pablo no se ve precisamente fornido. Podría derribarlo con un simple empujón. La violencia física no es lo que la atemoriza: es la patológica fragilidad del dueño de la casa. Tiene la certeza de que podría matarlo hasta con la más inofensiva de las palabras. Y eso es lo aterrador: que un esperpento humano haya trepado hasta esa altura y viva en una casa que bordea un precipicio. ¿Por qué? ¿Y ahora qué está haciendo? ¿Qué viene cargando en sus manos de venas y coyunturas marcadas?

—Necesito ayuda —dice, entrando otra vez al ruedo de la luz de sobremesa.

Entonces Eva reconoce la falda negra, la blusa blanca doblada con todo cuidado, la peluca de cabellos azabache recogidos en un moño: es el vestuario que Pablo le extiende. Sus ojos suplican en silencio. Eva no comprende. ¿De dónde habrá conseguido la ropa? ¿Había estado visitando en secreto el rodaje de la película, para llevarse algo de las bodegas?

Y descifra: la persona que vio en lo alto de la escalera, escondida detrás del humo del cigarrillo, no era Tina. *Era él.* Era él con la ropa que ahora le está ofreciendo. Mierda, ¿qué estoy haciendo aquí? Este tipo está mucho más loco de lo que pensé.

—Vístete como ella —suplica el hombre—. Conviértete en Tina. La necesito cerca para volver a escribir.

Eva supo que pronunciar un "no" en ese momento equivalía a apretar el gatillo de un revólver: el mismo efecto mortal y desgarrador en el centro del pecho de Pablo, que hubiera caído desplomado en medio de un charco de lágrimas y sangre.

74. INT. RECAMARA TINA. ATARDECER.

La puerta se abre y entra QUINTANA que trae del brazo, con mucha agresividad, a TINA. La lanza sobre la cama. Ambos están empapados. La habitación está en penumbras por la falta de luz.

TINA

¿Por qué le cree a todos menos a mí...?

QUINTANA

¡Lo mismo podría preguntarle a usted!

QUINTANA se acerca mucho a TINA, mirándola directo a los ojos.

QUINTANA

¿De verdad le creyó a Mella cuando le dijo que iba a divorciarse de su mujer? ¿También le creyó a Weston cuando le dijo que la amaba, pero seguía con su esposa en San Francisco?

QUINTANA se acerca aún más a TINA, trepándose a la cama. Estira una mano hacia ella. Torpemente, él le quita el pelo mojado que le cae sobre un ojo.

TINA

¿Qué quiere de mí...?

QUINTANA no le despega los ojos de encima, la mirada turbia. Parece dispuesto a acercarse un poco más a ella, aprovechándose de la situación. Duda unos momentos... TINA mantiene la mirada, desafiante. Están muy juntos, casi rozándose. Es obvio que QUINTANA hace esfuerzos por controlarse y no lanzarse sobre ella. Se produce un instante de silencio, de inmovilidad, en el que sólo se oye la respiración acelerada de QUINTANA.

Un relámpago ilumina por un instante el dormitorio. QUINTANA puede ver con toda claridad el rostro de TINA y sus ojos cargados de odio y desprecio. Es una mirada feroz. A los pocos instantes, un trueno resuena con fuerza en el exterior. La lluvia golpea contra la ventana.

Inesperadamente QUINTANA se baja de la cama, casi escapando de lo que estuvo a punto de hacer. La mirada de TINA lo ha intimidado. Toma la máquina fotográfica de TINA.

TINA

¡Mi cámara...!

Veloz, QUINTANA sale de la recámara, llevándose con él la cámara fotográfica. TINA trata de lanzarse sobre él, para recuperar su Graflex, pero es inútil. Se oye el ruido de las llaves al cerrar la puerta, por fuera. TINA golpea, desesperada.

TINA

¡Mi cámara...! ¡Devuélvame mi cámara...!

Cuando TINA comprende que es inútil, y que nadie le va a abrir la puerta, va hacia la ventana. La lluvia le llena de sombras el rostro.

La fuerza del viento se estrella contra los cristales. Algunas ramas de los árboles circundantes fustigan las paredes del chalet, llenándolo de crujidos. Da la impresión de que la casa entera se fuera a partir por la mitad y salir proyectada hacia ese enorme abismo que se pierde entre las montañas. Eva no se atreve a levantar la cabeza. Se mira las manos, cruzadas sobre el vientre. Baja la vista hacia la punta de los zapatos que se asoman por debajo del ruedo de la falda. Presiente a Pablo a sus espaldas, acomodando el escenario perfecto, flotando por encima de ese salón en su desesperado intento de invocar quién sabe qué demonios. Eva sabe que no tiene alternativa: ella accedió, atravesó la ciudad para subir hasta ese lugar de vértigos y tormentas. Calcula que una de las enfermeras del nuevo turno ya tiene que haberse dado cuenta de que en la cama hospitalaria no hay nadie recuperándose del accidente. El celular de Willy ya habrá repicado la mala noticia. Estará incluso la policía buscándola en el vientre de la ciudad más grande del mundo. Nadie nunca podría imaginar que está frente a un espejo, incapaz de mirarse a sí misma, porque sabe que cuando lo haga verá reflejada la imagen de Tina: la mujer que vive dentro de ella. Una mano compuesta de huesos y una delgada capa de piel, que más parece un guante demasiado grande y usado, se posa sobre su hombro. Eva entonces levanta la vista y enfrenta el rostro de la fotógrafa y del fantasma que está tras ella. Pablo la invita hacia el comedor. Ella avanza en silencio, rumbo a la mesa donde el escritor ha acomodado una vieja laptop, un modelo arcaico que Eva hacía muchísimo que dejó de ver. Pablo se sienta frente a la pantalla. Con un ligero empujoncito al mouse de la computadora enciende el monitor que también parece despertar con un bostezo. No quiere moverse mucho, para que las palabras que lo persiguen no huyan lejos, como ha estado sucediendo los últimos años. Posa sus dedos sobre algunas teclas. Respira hondo.

Eva lo mira en silencio. ¿Qué se supone que ella haga? Pablo, que una vez más parece leer sus pensamientos, voltea y le clava una mirada llena de urgencia.

—Empieza a hablar —ordena—. ¡Háblame como lo hacías antes!

Eva abre la boca sólo por obediencia, pero no sabe qué decir. Su pausa se prolonga varios segundos. Pablo entonces estira el brazo hacia ella, la obliga a acercarse más. Eva intenta oponer cierta resistencia, pero sorprendentemente la mano que la sostiene ejerce contra ella una poderosa tenaza: se equivocó con respecto a Pablo Cárdenas. Tal vez presentaba la apariencia de un hombre consumido en sí mismo, pero su fuerza permanecía intacta. Ese descubrimiento la llena de un renovado temor, porque recuerda que está sola en la casa de un tipo que ya no sabe qué es real y qué es mentira, no existe un alma viviendo cerca de ese chalet y nadie sabe que ella llegó hasta ahí.

—¡*Parla*, Modotti! ¡Háblame al oído! ¡Cuéntame tu historia! —aúlla.

Eva asiente. Pablo vuelve a mirar el monitor de su laptop, ubica una vez más los dedos sobre el teclado. Ella se traga el corazón que se le ha subido hasta la garganta, intenta acomodarlo una vez más entre las costillas. Inclina el cuerpo hacia delante, buscándole el caracol de la oreja. ¿Qué quiere escuchar? ¿Qué le habrá dicho Tina? Y entonces recupera sus propias palabras, ésas que algún día pronunció la fotógrafa, las mismas que Pablo escribió y que ella más tarde interpretó, y comienza a contarle: lo vi por primera vez durante una marcha, en 1927, cuando más de cien mil obreros y trabajadores se juntaron en una calle a reclamar por la muerte de dos anarquistas italianos, que habían sido ejecutados injustamente. Cuando lo vi en el estrado, arengando a las masas, fue como si el mundo entero se iluminara con colores que aún no habían sido inventados. De inmediato quise averiguar cómo se vería su rostro inmortalizado en un retrato: sus labios rojos convertidos en negro; su piel café con leche reventada de luz blanca. Y fue ahí, *caro*, ahí, de pie frente a Julio, que descubrí cómo iba a fotografiar el mundo: iba a usar sus propios ojos para ver lo que me rodeaba, porque de él sólo podía nacer belleza. Ese hombre brillaba como una luciérnaga atrapada al interior de un diamante:

yo lo iba a convertir en mi inspiración, en mi propia musa, y no iba a permitir que nunca se fuera de mi lado. Al poco tiempo volvimos a encontrarnos en las oficinas de *El Machete*, donde él escribía artículos y yo ofrecía mis fotografías, pero no es capaz de seguir con su relato porque Pablo ya se ha girado hacia ella, las manos convertidas en garras que se van directo hacia la peluca, arrancándosela de un violento zarpazo. Eva intenta protegerse, cubrirse al menos la cara para sofocar los golpes, pero él está más interesado en arrebatarle la blusa blanca de doble corrida de botones y amplio cuello que la obligó a vestir. Eva lo amenaza porque cree que él busca hacerle daño. Pero no. Sólo pretende desnudarla mientras llora y se lamenta porque pensaba que el amor iba a durar para siempre, pero se había equivocado. ¿Y ahora qué hago? ¿Cómo recupero mi musa? ¿Quién va a hablarme al oído para revivir mi propio cuerpo? Eva intenta correr hacia el salón, en busca de algún objeto con el cual defenderse, pero Pablo ahora va por la falda negra. Sus brazos rabiosos arrancan la tela, la convierten en jirones. Eva cae al suelo. El viento sigue azotando el chalet como si fuera un arca en medio de un huracán. Una vez que ha conseguido su propósito, Pablo recupera del suelo su trofeo: la ropa de la fotógrafa. Eva adivina el descontrol que lo sacude con sólo mirarle los ojos. Él sale corriendo llevando en las manos el vestuario que efectivamente se había robado una noche desde la bodega de los estudios Churubusco y que nadie extrañó al día siguiente. Eva se paraliza: a través de la puerta abierta ve la tormenta que ha estallado al exterior, recuerda el precipicio, el terreno resbaladizo, los vientos que podrían arrancar de cuajo un árbol centenario. Y grita, pero esta vez no para defenderse. Grita para evitar que Pablo Cárdenas haga una locura. Como puede se levanta y sale siguiendo aquellos pasos que de tan frágiles no dejan huella. Intenta acostumbrar su mirada a la profundidad de la noche montañosa, a la oscuridad sideral, al viento que se le mete por cada poro estremeciendo sus huesos. ¡Pablo…! ¡Pablo…! Le pide perdón por no ser una buena musa, por no decir lo que él esperaba escuchar, por no ser una verdadera Tina, sino sólo una máscara razonablemente parecida. Lo ve avanzar directo al abismo, las ropas femeninas sacudiéndose en sus manos como banderas de paz y luto. Eva le suplica que se detenga, que no se siga acercando. Él alza los brazos por encima de la cabeza. Y con un doloroso sollozo que se escucha claramente de lado a lado de la noche, que desordena las gotas de lluvia y rebota en cada uno de los farellones que rodean la construcción, lanza al vacío la blusa, la falda, la peluca, que revolotean unos instantes frente a ellos, un cuerpo hecho de aire que aletea como si quisiera nadar, el cabello suelto que confunde su color con el cielo sin luna: es la silueta de Tina Modotti que lucha por mantenerse a flote, hasta que de pronto se rinde y se entrega a su destino de ser tragada por el abismo y regresar a la tierra, allá abajo, para convertirse en polvo, en semilla, en trigo, en pan recién horneado.

Eva se acerca despacio a Pablo, que ha caído de rodillas. Con la punta del pie lo toca, buscando alguna respuesta. Pero no se mueve: tiene la cara hundida en el lodo fresco que la lluvia se ha encargado de provocar. Eva se asusta. Veloz, se inclina, despegándole la cara de la costra de barro, golpeándole las mejillas. ¿Pablo…? ¡Pablo…! Y él abre los ojos, despacio, despertando de un sueño profundo y que parece haber durado una vida entera. La observa desde muy lejos, desde muy abajo, porque una parte de él ha caído junto con el fantasma. Se aferra a Eva, llorando como un niño asustado por el exorcismo que acaba de realizar: sabe que su musa es implacable y que muy pronto, más temprano que tarde, lo obligará a seguirle los pasos.

DOCE

ERRORES QUE VALEN LA PENA

Eva sabe que Willy tiene ganas de bufar. De darle un golpe a la primera pared que encuentre, de quebrarse los nudillos al azotarlos contra el cemento. Y también sabe que no va a hacer nada, porque es incapaz: ella domina a la perfección el mecanismo para desbaratar sus arrebatos de energúmeno con sólo un abrazo oportuno, un *I'm sorry* dicho en el momento preciso, una mirada que baila líquida detrás de una lágrima que no cae pero que emociona. Y ya.

Dispuesta a llevar a cabo su acto de redención pública, atraviesa el lobby del hotel —atestado a esa hora de la madrugada de agentes del Ministerio Público, policías, periodistas y curiosos que han salido de sus cuartos para presenciar el revuelo en que se convirtió de pronto el Radisson— y se enfrenta a su marido. Esta vez se olvidó de peinarse el remolino rojo de sus cabellos rebeldes, y las pecas que le cubren la piel parecen brincarle encima a Eva cuando ella lo rodea con sus brazos y se aprieta como a una tabla de salvación. Ya está. Se disparan los flashes de algunos reporteros de farándula, se escucha el suspiro colectivo que pone punto final a las horas de angustia, y los comandantes de la policía respiran aliviados de no tener que seguir adelante con el caso de la desaparición de la actriz famosa que iba a volver locos a todos en el país. Eva siente el abrazo fulminante de Willy y alcanza a percibir el agua tibia de sus lágrimas mojándole la coronilla. Ella sabe que hay errores que valen la pena, aunque hagan daño en el momento mismo en que se están cometiendo. Ya tendrá tiempo de explicarle los motivos de su desaparición del hospital. Ya habrá ocasión adecuada para que él haga sus descargos y ella le explique, punto por punto, lo que le tocó vivir esa noche en el chalet de Pablo Cárdenas. Pero éste no es el momento: los periodistas aún siguen ahí, aunque personal del hotel y de producción intentan dirigirlos hacia el exterior. Eva ve el reproche en uno de los productores que se despide de ella para subir a su habitación, sabe que nadie que la rodea aprueba ni entiende lo que hizo. Ni siquiera Willy. Pero ella no se arrepiente. A ella le pagaron por viajar a México a encarnar a Tina Modotti, y precisamente eso fue a hacer a casa del escritor.

Cuando están solos en el cuarto, y corrobora que el reloj anuncia que ya casi son las seis de la madrugada, Eva se recuesta en la cama. Willy se acomoda a su lado. El trasnoche ha pintado de rojo su mirada y ha oscurecido el contorno de sus párpados. Ella adivina todas las preguntas que su esposo mantiene atoradas al otro lado de sus labios cerrados, y que no se atreve a formular para no crear más problemas. Antes de cerrar los ojos agradece que su relación esté de alguna manera construida sobre el miedo y las culpas porque, francamente, lo que menos desea es tener que inventar respuestas o, peor aún, empezar a recordarle la dolorosa condena con la que ella vive sus días de mujer estéril.

—¿Hasta dónde chingados pretende llegar?

Diego Rivera, con un categórico y enfurecido movimiento de su mano, lanza el periódico del día sobre el escritorio de Valente Quintana. En el titular se lee: "Exclusivo: fotografías desnudas de Tina Modotti".

—Qué me pregunta a mí. Vaya con los periodistas. Yo no publiqué esa nota —responde el detective.

—¡Este es un crimen político, no pasional! ¿Qué quiere probar autorizando la publicación de las fotografías que Weston le tomó?

—Supongo que la opinión pública tiene derecho de conocer a la verdadera...

Pero Quintana no puede seguir hablando: la voluminosa figura de Rivera le llena por completo el campo visual, franqueando de dos zancadas la distancia que los separa. Lo toma con ambas manos de las solapas, alzándolo por encima del escritorio.

—¿A la verdadera qué, pendejo? ¡Tina es una artista! ¡Deberías sentirte orgulloso como mexicano de que una mujer de su talla haya elegido nuestro país como su residencia!

El detective se libera de aquellas manos tan gordas como el resto del cuerpo de Diego y veloz saca su pañuelo de hilo del bolsillo del pantalón. Mientras se limpia los dedos en la tela, piensa que ya no dejará que nadie le hable de esa manera. Tampoco permitirá que le digan lo que tiene que hacer. Él está para otras cosas, para otros asuntos. Hace mucho que esa mugrosa oficina le quedó chica. Hace demasiado tiempo que ha tenido que decir "sí señor" cuando, en realidad, al que le corresponde dar las órdenes es a él. Ya es hora que empiece a decir lo que realmente piensa:

—¿Cuál es su interés en Tina Modotti, señor Rivera? ¿Será acaso que ella no sólo pasó por sus murales, sino también por su cama…?

Los siguientes segundos, Quintana los recuerda como si de pronto alguien hubiese apagado la luz de su despacho y el techo se le hubiera caído encima, todo al mismo tiempo. Un intenso dolor le estalla en la base de la mandíbula y le trepa hasta el ojo en un corrientazo amarillo. Sabe que ha sido la mano de Diego Rivera. ¿Su arma? ¿Dónde dejó su arma de servicio? Tal vez éste sea el momento preciso para terminar con todo el griterío de los malditos radicales: hacer un certero disparo y enfrentar las consecuencias de haberle encajado una bala entre ceja y ceja al pintor más famoso del país. ¡Dónde carajos está su arma para acabar con esto de una puta vez!

—¡Voy a hacer que te destituyan de tu cargo, Quintana! ¡José Magriñá es el asesino de Mella, y todavía está suelto! ¡Él es el asesino que tú estás buscando! —vocifera Diego mientras intenta sacarse de encima a los agentes, que han entrando a la oficina al escuchar los gritos, y que hacen lo posible por inmovilizarlo—. ¡Cuál es tu obsesión con Tina!

Tal vez la misma que la tuya, bola de grasa, concluye Quintana. Pero, claro, no dice nada porque sigue siendo el mismo cobarde de siempre. La sangre le llena el interior de la boca, inundándole lengua y paladar con su viscosa acidez. Cuando separa los labios, una burbuja roja estalla cerca de la comisura y se derrama por el mentón. La maquilladora corre, aprovechando que han hecho una pausa entre plano y plano, y apurada le limpia al actor la glicerina con colorante que preparó antes de la escena. No vaya a ser que le manche la camisa y después quieran repetir la toma. Entonces, conforme por el trabajo realizado, regresa veloz a su esquina, protegida tras el batallón de focos y técnicos que circulan en perfecta coreografía por el *set*. Desde ahí escucha claramente al director repasar con su elenco los parlamentos que tienen que rodar a continuación: José Magriñá es un matón que está directamente implicado en la muerte de nuestro compañero Mella. Ha estado preso varias veces por negocios turbios. Machado lo envió a México para ubicar a Mella y darle muerte. ¡Es cosa de atar cabos, señores de la prensa! Sin embargo, a la que interrogan y encierran es a la compañera Tina Modotti. ¿Por qué misteriosa razón no se detiene a Magriñá? ¿Será acaso porque Valente Quintana está escondiendo algo, o protegiendo a alguien? ¡Yo quisiera escuchar la voz de nuestro presidente con relación al trabajo de Valente Quintana! ¿Hasta cuándo van a seguir persiguiendo a nuestros compañeros?

El director queda conforme con el ensayo. Luego de dar las instrucciones necesarias, retoma su lugar tras el monitor. Se calza los audífonos sobre las orejas. Respira hondo y retiene la respiración unos instantes, al igual que un buzo que se llena de aire los pulmones antes de lanzarse a las profundidades del mar. Y entonces grita:

—¡Acción...!

80. INT. OFICINA JUZGADO. DÍA.

QUINTANA está sentado frente a su escritorio, repleto de fotografías, documentos judiciales, recortes de noticias, etc., en donde sólo se habla de TINA y del asesinato de JULIO. Por ahí también está su cámara fotográfica Graflex. QUINTANA levanta la vista de los papeles, se frota los ojos enrojecidos de cansancio y alcohol. Enciende un nuevo cigarrillo.

La puerta se abre. Una figura masculina se recorta en el umbral, medio oculta por el humo que impera en el lugar. Es el REGENTE.

REGENTE

Lo hacía en su casa, Valente.

QUINTANA no responde. Sostiene en su mano la fotografía de TINA.

REGENTE

Por orden del presidente vengo a comunicarle que está destituido de su cargo.

QUINTANA ni se inmuta. Aspira hondo su cigarrillo.

REGENTE

Se le acusa de ser parcial en la investigación de la italiana. El presidente lo hizo para eliminar sospechas y dejar tranquila a la opinión pública.

QUINTANA no dice nada. El REGENTE toma un par de recortes de periódicos. Los mira, serio.

REGENTE

Devuélvale su cámara a la señora Modotti y recoja este desorden. Talamantes va a ocupar su puesto y esta oficina. Ahora.

Detrás del REGENTE, aparece TALAMANTES que viene cargando con una caja de cartón llena de papeles, carpetas y útiles de escritorio.

REGENTE

Lo siento, Quintana. Pero una cabeza tenía que rodar.

QUINTANA desvía la mirada, derrotado. Ya no tiene nada que decir.

CORTE A:

Eva mantiene la concentración cerrando los ojos, mirándose el interior y los propios órganos. Protegida por esa oscuridad cruzada cada tanto por ramalazos de imágenes que ella no retiene y que, por el contrario, deja ir, como le enseñaron en yoga, se dedica a repasar las líneas de su próxima escena. Sabe que alguien ha encendido un ventilador cerca de ella, porque una brisa artificial le acaricia el rostro y juguetea con el cabello de su peluca. Traga saliva. Siente el brochazo del pincel terminando de maquillarle los párpados, los pómulos, la línea de la nariz. Lo justo para que su piel no brille expuesta a los enormes focos que han instalado en la locación. De pronto escucha el susurro: estamos listos. Entonces abre los ojos y camina en silencio, guiada por el asistente que va abriéndole paso entre cables, técnicos que controlan el audio, la luz, la intensidad de los colores. Eva sigue en silencio, aguantando dentro de ella a la fotógrafa que lucha por salir y cobrar vida a través de su actuación. La ubican detrás de una puerta. Le recuerdan que apenas escuche la orden del director, cuente cinco segundos y comience. Ella no asiente, porque no quiere distraerse con nada. Revisa que el dolor siga ahí, alojado entre sus costillas, para hacerlo aflorar apenas se enfrente a las cámaras. Con una mano repasa su vestuario: una humilde blusa negra, una falda de lana que le llega más abajo de las rodillas. Alguien pide silencio. El *set* completo se paraliza al permitir que el tiempo retroceda, que la simulación comience. ¡Acción! Cinco, cuatro, tres, dos… uno. Aquí voy. El pasillo del quinto piso del edificio Zamora está desierto y en total mudez. La puerta del departamento de Tina se abre y ella aparece en el umbral. Se ve tranquila. Cierra despacio, y comienza a bajar hacia la calle. Peldaño a peldaño. Cuando sale al exterior, una ráfaga de aire frío que atraviesa la noche la hace estremecerse. Cruza los brazos sobre el pecho, procurándose un poco de calor. De pronto oye pasos a lo lejos. Voltea. Por la esquina vienen ella misma y Julio caminando apurados, tomados del brazo. Van en silencio.

El vecino del número 22 está saliendo de su casa, ajeno a todo lo que va a ocurrir.

El reloj marca las nueve y cuarenta y cinco.

Tina vuelve a mirar a aquella otra Tina y Julio, que siguen avanzando. Con horror descubre que tras de ellos hay una sombra, un cuerpo oscuro que los va siguiendo. Tina se alerta, pero no dice nada. Entonces un disparo resuena en toda la avenida. Julio se estremece por el impacto. Una mancha roja le estalla en el pecho. Luego, otra detonación. Su cuerpo se sacude, avanza un par de pasos, cae de rodillas. El vecino da un salto hacia adelante, buscando protección. Tina, desde el umbral de su edificio, ve al asesino correr, siempre al amparo de la oscuridad, y perderse calle abajo.

La otra Tina está inmóvil, mirando aterrada a Julio que se apaga poco a poco.

La vecina del número 19 abre la ventana que da a la calle. Grita al ver el cuerpo de Julio en el suelo:

—¡Socorro…!

Tina empieza a caminar hacia Julio. Paso a paso. Aprieta un poco más sus brazos en torno a su cuerpo, porque el frío arrecia y ella no tiene puesto su abrigo. El cubano ya está en el suelo, la sangre mojando los adoquines sucios. La otra Tina, la que estaba con él la noche de la tragedia, se ha quedado paralizada mirándolo. Tina entonces posa su mano sobre el hombro de ella misma y la obliga a enfrentarla. Las dos mujeres se miran cara a cara con ojos idénticos: una ignorante de todo lo que se le viene encima, la otra ya de salida de una pesadilla que no buscó.

—Suéltalo ya —aconseja Tina.

—¡Pero se está muriendo! —responde la otra.

—Déjalo ir. Es hora de que tú sigas.

—¿Y ahora yo qué hago?

—Lo único que sabes hacer: arte —se dice como en un espejo.

Tina abre los ojos de golpe, despertando en su cama. Otra vez fue víctima del sueño donde se ve a sí misma la noche del atentado contra Julio. Pestañea varias veces, intentando ubicarse en el tiempo y en el espacio. ¿Dónde está? En su habitación, presa. La luz del atardecer se cuela por las ventanas e inunda de dorado el ambiente. Tina se sienta sobre el colchón, aún algo confundida. Se pone de pie y se acerca a la puerta. Golpea.

—¡Ábranme!

Nadie le responde. Tina golpea de nuevo, esta vez más fuerte.

—¡La puerta, *per favore*…!

Nadie responde a su llamado. Extrañada ante un poco usual silencio en su departamento siempre invadido por agentes y policías, hace girar la perilla. Sorprendida, se da cuenta de que está abierta.

82. INT. SALA TINA. ATARDECER.

TINA entra a la sala, extrañada del silencio y de la ausencia de sus guardias. Se detiene de golpe al ver a QUINTANA de pie en el lugar. QUINTANA levanta la vista y la mira a los ojos largamente y en silencio. Tiene mal aspecto. TINA descubre que en una mesa está su Graflex y su diario de vida. No puede evitar una sonrisa de alivio. TINA va a dar un paso hacia su cámara, pero QUINTANA da un paso hacia ella, amenazante, como un gato que persigue a un ratón. TINA se paraliza.

TINA

¿Dónde está el policía que me cuida?

QUINTANA no le responde. La mira, los ojos inyectados en sangre. Su apariencia es la de un animal en celo. TINA se queda ahí, enfrentándolo, en un duelo de miradas.

TINA

¿Por qué mierda estoy aquí? ¿Qué hice...? ¿Amar a un hombre con toda el alma es un crimen en este país...?

QUINTANA

De qué amor me habla.

TINA

¡Qué sabe usted!

QUINTANA

Vivieron juntos sólo unos meses.

TINA

¡Que justificaron toda mi vida...!

TINA da un paso hacia atrás, pero de inmediato QUINTANA avanza otro paso, acechándola. TINA se detiene.

TINA

¿A qué vino...? ¿No se da cuenta de que usted tiene la cara de lo que más odio en la vida? ¡Usted representa todo lo que yo desprecio!

QUINTANA

No sea ingrata, Tina...

TINA

¿Ingrata? ¡Me robó mi vida! ¡Me robó los colores, la risa, la música! ¿Por qué...? ¿Porque no me veo igual a las otras mujeres? ¿Porque soy extranjera...? ¿Porque vivo según mis propias reglas?

QUINTANA da un nuevo paso hacia TINA, que ruge sacando fuerzas de su propia furia.

TINA

¡No se me acerque...! ¡Pues ésta soy yo! ¡Tina Modotti...! ¡Y estoy viva! ¡Estoy viva aunque todos ustedes quieran verme muerta! ¡Estoy viva y voy a seguir haciendo lo único que sé hacer...! ¡Y no se atreva a dar un paso más...!

La luz del atardecer se apaga en las ventanas. Quintana da un paso hacia Tina, que de inmediato retrocede. Ella busca a su alrededor algo con qué defenderse, pero no encuentra nada.

—¿Qué es lo que quiere, detective? –exclama.

—Hacerle una pregunta.

—¡Pues hágala de una vez!

—¿Qué tiene que hacer un hombre para ser su dueño?

Tina no consigue contener la carcajada que le desborda la boca y el cuerpo entero. *Dio*, qué hombre más triste tengo frente a mí. ¿De eso se trataba todo?

—*Caro*, primero que todo… nunca hacerme esa pregunta.

—O sea que empecé mal.

—Muy mal.

Cuando parece que a Quintana sólo le queda permitir que la oscuridad de la sala se lo termine de tragar, da un nuevo paso hacia el frente. Pero esta vez es distinto: ahora su cuerpo huele a cacería. Tina se alerta.

—Esta tarde el presidente declaró a la prensa que mi trabajo ha sido parcial —susurra el detective—. Parcial. Ésa fue la palabra que usó… ¿Usted qué cree, Tina?

—Bravo. Aplaudo a su presidente.

Y antes de que tenga tiempo de seguir adelante con su respuesta, Tina ve aquel rostro brillante de sudor y urgencia venírsele encima. Trata de retroceder pero su espalda choca contra uno de los muros. Quintana la toma por un brazo, la lanza al suelo. Ella manotea con fuerza, en completo silencio, mientras el hombre forcejea con su ropa hasta que consigue dejar a la vista sus senos. Aún más excitado por lo que hasta ese momento sólo había apreciado en impúdicas fotografías, empieza a manipular su propio pantalón, para quitárselo. Tina trata de levantarse, pero el incendio de Quintana ya está encima de ella, sometiéndola, su boca inmunda dejando su huella de saliva ardiente sobre su cuello, su pecho. Éste es el momento para hacerse infinita, para estirar sus miembros hasta abarcarlo todo con su presencia. Convertirse en una araña de proporciones sobrenaturales, un animal gigante y arrancarle la cabeza de raíz a ese minúsculo detective que cree estar poseyéndola. Sería tan fácil: bastaría con acercar su hocico de monstruo depredador, cogerlo por el pelo y tirar hacia arriba hasta escuchar el desgarro de la piel del cuello separándose de los hombros. La feroz y sangrienta Tina Modotti le daría un par de mascadas y se tragaría aquel rostro que seguramente se habría congelado para siempre en una horrible mueca de horror y sorpresa, porque jamás pensó que ella, la menuda, podría alcanzar esas corpulencias asesinas. Después tomaría el cuerpo sin vida y descabezado con una de sus ocho patas de arácnido y se iría a tierras lejanas sembrando el terror a su paso con el sólo bamboleo de su estrecha cintura, probablemente buscando la montaña para tejer sus redes de seda y esperar ahí, mecida por el viento de la tarde, que la vejez se hiciera cargo de su cuerpo y de su alma. Pero la vida no ha sido justa con ella: aunque no lo quiera, su pequeña humanidad yace bajo el agresivo ataque de Quintana, que se ha convertido en todo boca, manos y sudor.

—¡Usted ha cometido tantos errores con los hombres! ¡Sólo le pido que cometa uno más! —gime al borde de las lágrimas.

Tinísima.

¿Julio? Abre los ojos: y lo ve. Ahí, en una esquina del lugar. Sonriendo. El fulgor intacto de sus ojos de niño grande. Ha vencido la noche porque su cuerpo brilla, hecho de estrellas y magia.

Eres libre, Tina. Libre e inocente.

TINA va a decir algo, pero en ese momento se abre la puerta del departamento y entra LUZ. Reacciona al ver a QUINTANA encima de TINA.

LUZ

¡Tina...!

QUINTANA, de inmediato, se separa de TINA. Jadea, acabado, derrotado. LUZ toma la cámara fotográfica y la sostiene en su mano, agresiva.

LUZ

¡Sálgase de ahí o le juro que le parto su chingada madre!

TINA

No te preocupes, Lucha. Este señor se está yendo.

TINA empuja con fuerza a QUINTANA hacia atrás. Ella se pone de pie, se arropa. Voltea hacia el lugar donde vio a JULIO, quien ya no está. Entonces mira a QUINTANA con su mejor expresión de triunfo.

TINA

Lo siento, pero los errores que yo cometo siempre valen la pena.

Tina recuperó su libertad y descubrió que era mucho, muchísimo más grande de lo que ella misma creía.

Las palabras le llegaron cargadas de melancolía, tal vez anticipando que serían las últimas: soy una fotógrafa y ya, y si mis fotografías se diferencian de las otras, es que yo no hago arte. No. Sólo hago fotografías honradas, sin trucos ni manipulaciones. Me esfuerzo mucho por contar la verdad, la verdad que veo. Quisiera tanto fotografiar lo que la gente siente, meterme adentro, bien adentro y mirarles las vidas, las emociones. Eso es todo lo que quiero hacer. Me gustaría vivir en un mundo mejor, un mundo más justo, más amable. Las fotos son un espejo, porque nos dicen cómo somos, qué estamos haciendo bien o qué estamos haciendo mal. Nos podemos ver en ellas. Si en algo he ayudado a abrirle los ojos a alguien, qué bueno, pero no fue mi intención. Como dije, me considero sólo una fotógrafa y nada más. Por eso cuando usan las palabras "arte" o "artístico" para describir mi trabajo... me enojo. Y mucho. Eso quiere decir que tienen que ser muy cuidadosos a la hora de juzgar mi trabajo. No se olviden que soy una mujer temible... *Grazie. Grazie, cucciolo.* Ahora puedo descansar en paz.

—¡Corten!

Eva no quiere abrir los ojos. Quisiera quedarse ahí, al amparo de la noche artificial que han creado sus párpados. Sabe que cuando se enfrente a la realidad tendrá que asumir el fin y el único camino será empezar a decir adiós. Escucha primero algunos aplausos tímidos a la derecha. Luego el fragor de las palmas se hace más intenso, más estridente. No tiene alternativa. Entonces se endereza, levanta la cabeza, observa a sus compañeros de trabajo. Algunos no han podido contener las lágrimas. Un par de maquilladoras se consuelan y se prestan pañuelos desechables para contener la tristeza y la emoción. El director viene avanzando hacia ella, los brazos abiertos, la dicha de haber conseguido una escena perfecta dibujada en el rostro. Se deja abrazar y felicitar con entusiasmo, porque el fin de los rodajes siempre exacerba las pasiones y hace que las personas pierdan la objetividad y el control. Pero para ella éste no es el final: es apenas un nuevo comienzo. Se lleva las manos al vientre, protegiéndolo del acoso al que está siendo sometida. Los aplausos siguen, alguien descorcha champaña. Anuncian que el *wrap party* se llevará a cabo esa misma noche, en una discoteca de moda en la Zona Rosa. Alguien le susurra que no se preocupe, que a ella la pasarán a buscar al hotel para llevarla. Eva no responde. Tal vez todo ha acabado, pero ella no olvida: la tristeza por la muerte de Julio no se va. Está ahí, es real. Era su niño. ¿Quieres tener hijos?, le preguntó él una vez. Ya te tengo a ti, *caro*, le contestó ella. No fue sólo la muerte de un amante: fue una pérdida aún más grande. Una muerte que no tiene nombre, así como no existe una palabra para identificar a una madre que ha enterrado a su vástago. Y ella sabe lo que es eso. Ella sabe lo que es llevar el tormento en las entrañas, sabe perfectamente lo que es vivir cada día con la sentencia del desconsuelo: ella nunca podrá ser madre. Y esa sentencia de hielo la condena a vivir una vida solitaria aunque tenga un hombre a su lado. ¿De qué le sirve un marido, si no podrá regalarle nunca la posibilidad de proyectarse más allá de sus propias células? Y ahora, ¿cómo se quita toda esta amargura de encima? ¿Cómo se despega de encima el fantasma de una fotógrafa que se le tatuó en la piel e hizo nido en su útero inservible? Atraviesa la locación, sale en busca de su *motorhome*. Adentro, alguien le ha dejado un ramo de flores con una tarjeta que ni siquiera lee. Se sienta frente al mesón de maquillaje, iluminado por una infinidad de pequeños focos. Y ensaya una forzada sonrisa, a ver si la última imagen de Tina en el espejo es la visión de una mujer que supo triunfar a pesar de haber descubierto que la vida es una sucesión de emboscadas.

Apenas se quite la ropa, los sufrimientos ajenos y la peluca —convirtiéndose nuevamente sólo en una actriz extranjera que tiene que volver lo antes posible a su país de origen para arroparse tardes enteras en alguna manta de angora y aturdirse viendo televisión en un *family room* decorado como dictan las revistas de moda— comenzará a extrañar en el alma el haber sido, sólo por un par de intensas semanas, una mujer infinita.

Ay, Tina, quiero que me dures para siempre.

Pablo revisó el archivo: tenía noventa páginas, las requeridas para un guión de cine. El personaje de Tina ya había alcanzado su clímax, había enfrentado sus propios temores y enemigos, y había salido victoriosa. Sólo faltaba redactar un breve desenlace que mencionara que luego de llevada a cabo su exposición fotográfica en diciembre de 1929, ocurrió en México un fallido plan de asesinato al presidente electo. Muchos comunistas fueron detenidos por ser sospechosos de actividades terroristas. Entre ellos iba Tina, que fue expulsada de México en enero de 1930, un año después de la muerte de Mella.

Un violento espasmo le recorrió el cuerpo, porque Pablo tuvo la certeza de que el final había llegado. Y comprendió que terminar algo siempre significa morir un poco, porque el dolor de soltar una obsesión equivale al violento desgarro que se produce al separar la carne del hueso. ¿Y ahora qué? Pablo se puso de pie. Sus pies se hundieron entre los cartones sucios de envases de comida y las cajas con restos de pizzas del mes anterior que se pudrían en el suelo de su departamento. El vértigo de saber que había terminado atravesó el estudio de esquina a esquina. Salió a tropezones hacia el pasillo, sintiendo que algo fundamental se acababa de morir dentro de él. ¿Y ahora qué? Intentó llamar a Tina para exigirle una nueva historia, pero descubrió que de su garganta sólo salían ruidos más parecidos a pulsaciones animales que a palabras con significado. ¿Y su musa? ¿Adónde se había ido? Como pudo se precipitó hacia la sala. Entró a la cocina, pero el vaho fétido de la descomposición de alimentos lo hizo retroceder de inmediato. Ahí no podía estar. Ella necesita de la belleza para existir, para seguir viva aunque ya hubiera muerto. Todo puede ser hermoso, *cucciolo*. Todo. ¿Quién le enseño esa mentira? ¿Y ahora qué? La siguió buscando en cada una de las esquinas de ese enorme departamento que ya no le servía para nada. Intentó despegar con las manos todas las sombras que encontró a su paso, para ver si ella se había escondido debajo. Se estrelló contra los cristales de las ventanas, a ver si podía saltar hacia el vacío y averiguar si se encontraba oculta en algún recodo del paisaje exterior. Pero Tina no estaba. En el corazón de Pablo sólo había basura, silencio haciendo eco en sus arterias, y la dolorosa certeza de que ya nunca la volvería a ver.

TERCER ENCUADRE

TRECE

LO FEO NO HACE FALTA

From: pablocardenas@earthglobal.com.mx
To: Leslie Aragon <laragon@lesliearagon.com>
Date: Sun, 9 Dic 2001 10:46:07 pm.
Subject: Guión de Tina.

Leslie, terminé el guión. Me costó la vida.
Pablo.

Luego de apretar la opción *send*, Pablo dio un último vistazo a su estudio. Por no perder la costumbre, aunque sabía que estaba completamente solo y que lo suyo era únicamente un hábito adquirido, volteó la cabeza hacia la esquina donde ella siempre acostumbraba estar. Una vez más tuvo que contener el desborde de la desilusión.

—Pensé que el amor duraría para siempre, pero me equivoqué —fue lo último que pronunció.

Sin mirar hacia atrás, enfiló directo hacia la salida. Por alguna razón, el novio yéndose de espaldas por el pasillo, rumbo a la puerta de calle, siempre le ha parecido a Pablo una imagen de una infinita tristeza. Pero esta vez el que se va es él: el que le produce lástima es su propio cuerpo.

Gran momento de giro, en donde el personaje central de la narración se separa física y emocionalmente de la que hasta ese momento era su guía. Ahora tendrá que seguir solo. Ya no contará con su apoyo. Tendrá que abandonar su refugio, en busca de un propio espacio que colonizar. Volverá a ser un escritor mediocre que tendrá que conformarse con repetir formulas gastadas y mil veces vistas. Y eso, en el mejor de los casos. No lo iba a saber él.

Todo puede ser hermoso. Qué equivocado estaba Weston. No había nada de belleza en su cuerpo, en sus ideas, en su futuro. Pablo supo que era la encarnación de lo inútil. Lo feo no hace falta, se repitió. Por eso estoy condenado a desaparecer.

Con eso en mente, Pablo sale hacia la calle donde lo recibe el ajeno devenir del domingo 9 de diciembre de 2001. Da el primer paso, el más difícil, el decisivo. Y se aleja, apurado, casi corriendo, sin atreverse a mirar hacia atrás por temor a corroborar que ella tampoco ha venido a decirle adiós con la mano.

CATORCE

TRAJE DE SEMILLA PROFUNDA

EL UNIVERSAL
CIUDAD DE MÉXICO, MIÉRCOLES 06 DE ENERO DE 2010

- Encuentran cuerpo sin vida de escritor mexicano

Esta madrugada fue encontrado en el fondo de un acantilado el cuerpo sin vida del escritor mexicano Pablo Cárdenas Trujillo. El cadáver fue hallado a unos 70 metros de profundidad por los ocupantes de un helicóptero de rescate que sobrevolaban una zona cercana al Parque Nacional Desierto de los Leones, luego de que un grupo de excursionistas dieran la voz de alerta al divisar lo que parecía ser un hombre en la base de una abrupta pendiente vertical.

Tom suspende la lectura de la nota de prensa. El suelo de su departamento se ha sacudido como el lomo de un animal que se pone en guardia para enfrentar un inminente peligro. En una fracción de segundo comprende que eso es imposible, que su departamento forma parte de una sólida construcción que ha resistido los años sin alterarse ni un sólo milímetro. Entonces se da cuenta de que la debacle viene desde el interior de su propio cuerpo, que algo muy profundo se rompió —y dañó— al posar sus ojos en la noticia que aún no terminaba de leer en la pantalla de su computador. ¿Sobreviviré si sigo avanzando?

> Las autoridades procedieron al levantamiento del cadáver para su traslado al SEMEFO, a fin de realizar las pruebas correspondientes.

Tom quiere llorar, pero el dolor es tan fuerte que ni siquiera sus lágrimas son capaces de vencerlo. Abre la boca, la cierra, la vuelve a abrir. ¿Adónde se ha ido el aire? ¿Por qué nadie le avisó que Manhattan se iba a quedar sin oxígeno? Se levanta de la silla, que cae, como quisiera caer Tom y terminar de morir de una buena vez. Pero eso no ocurre: para su desgracia se queda vivo para poder leer y volver a leer la información que desearía no haber encontrado nunca en su paseo matinal por los periódicos online. "Encuentran cuerpo sin vida de escritor mexicano."

> El último trabajo de Cárdenas Trujillo fue la escritura del guión de la película *La mujer infinita*, protagonizada por Eva O'Ryan y Vinicius Duarte, y estrenada en octubre del año anterior.

Un lamento de animal agónico lo hace apartar la mirada de los últimos renglones del texto. ¿Qué fue eso? ¿La perra? No. Güerita lo mira desde el suelo, brincando sobre las patas traseras, a ver si consigue obligarlo a que la saque para hacer sus necesidades. Tom se da cuenta de que fue él. Que las bocanadas de aire se le escapan en un quejido que no parece tener fin. Alertado por el ruido, un cuerpo se mueve en la cama, próxima a la mesa donde está el computador. Un rostro abre los ojos. Bosteza. Se incorpora. Sorprende a Tom de pie junto a la ventana, sostenido en vilo por lo que parecen ser sus últimos segundos sobre la tierra.

—Mi amor, ¿estás bien? —pregunta asustado el hombre, que hace el intento de acercarse.

Pero Tom lo detiene con un brusco movimiento de su mano. No. No quiere que nadie le hable. Quiere que llegue la noche, aunque sólo sean las ocho y media de la mañana. Quiere que la oscuridad lo inunde todo, que cubra Nueva York entera con una sábana negra, que nunca más vuelva a amanecer en su vida. Así no se verá las manos con las que tantas veces tocó el cuerpo de Pablo. Así sus ojos serán ciegos para siempre. No le sirven. Para qué, si nunca más podrán volver a verlo. Está muerto. Cómo poder arrebatarse la piel a mordiscos, si ya nunca volverá a sentir su tacto. ¡Está muerto!, quisiera gritar antes de abrir la ventana y lanzarse setenta metros hacia abajo a ver si alcanza a abrazarlo antes de que toque la tierra. Pero no puede. La luz sigue ahí: insolente y vengativa. La luz que es onda y partícula. La luz que es vida. *This guy was meant for me, and I was meant for him. This guy was dreamt for me, and I was dreamt for him…* le canta el eco de una canción que ahora suena a despedida, a *aquella* despedida ocurrida el domingo 19 de agosto de 2001. Ocho años. La última vez que lo vio. ¡Ocho malditos años y él seguía ahí, amarrado a Pablo! Avanza hacia la puerta. A la pasada toma su celular. Güerita, que cree que por fin van a bajarla a la calle a orinar, da un par de ladridos que Tom ni siquiera escucha.

—Tom, ¿pasó algo? —le preguntan desde la cama.

Baja los tres pisos. Adónde escapar. Adónde esconder la cabeza para engañar al corazón y hacerle creer que le llegó la hora de dejar de latir. Al salir a la acera, se da cuenta de que ha nevado durante la noche y todo está cubierto por un manto blanco que absorbe los ruidos. La ciudad entera es —esa mañana del 6 de enero de 2010— una gran pantalla que rebota y repite los pedazos de sol invernal que se cuelan a través de las nubes. Siente el frío morderle los tobillos. Se da cuenta de que está descalzo, descalzo y medio enterrado en la nieve. No le importa. Por el contrario, está más preocupado de recordar por qué está ahí, en el cruce exacto de la calle 14 y la Octava Avenida. ¿Qué hace en Nueva York, si él había decidido vivir en México? El Gringo, le decían. Y a él le gustaba. Le gustaba mucho, tanto como que Pablo se le pegara durante el sueño y le pasara una mano por encima del pecho. Él sentía que todo adquiría justificación cuando Pablo le decía *te quiero*. Todo había valido la pena. La culpa la había tenido una sobria y elegante tarjeta que señalaba el jueves 5 de marzo de 1998, a las 19:30 horas como el día en que él y Pablo se conocieron. Lanzaba un libro de cuentos. Lo vio aparecer a través del lente de su Nikon. Hermoso, el rey indiscutido de la velada. Y después la lluvia que siempre altera los planes. Un alero los protegió a los dos de un aguacero inesperado. Ahí mismo intercambiaron teléfonos. Esa noche Tom soñó con sus ojos azules. Sus ojos que durante tanto tiempo sólo tuvieron ganas de mirarlo a él. Hasta que todo se echó a perder. Hasta que Pablo apareció setenta metros al fondo de un barranco. Cómo no había nadie cerca que le tomara la mano. Cómo no estaba él ahí para decirle que si se dejaba engullir por la boca hambrienta de la noche, no sólo se estaba matando él. El mundo se ha reducido a un cuerpo suspendido en el aire, que cae y cae y no termina nunca de llegar al suelo; y a otro que sigue de pie, al borde del abismo, profiriendo un grito mudo porque ahora no sabe qué hacer con todo el amor que se le quedó dentro. De pronto el timbre de un teléfono celular interrumpe el silencio que lo rodea. Tom descubre que está en la calle, en una esquina nevada, descalzo. ¿Qué es ese ruido? Es su propio teléfono, que vibra y suena en la palma de su mano. Mira el visor y ruega que sea Pablo, como ha rogado cada vez que su teléfono ha sonado por los últimos ocho años. Pero no. No es Pablo. Es un número desconocido.

—*Hello?* —pregunta, y su voz suena tan, tan distinta.

—Tom, es Leslie Aragón —escucha—. *My God*, acabo de leer la noticia en internet. *This can't be true!*

El frío ya le ha llegado a las rodillas. A lo mejor si se queda ahí su cuerpo entero se convertirá en una estatua de cristal que alguien podrá romper con sólo alzar la voz. A lo mejor ésa es la solución para vencer el zarpazo de la muerte que pasó tan cerca de él como para alcanzar a verle su rostro de pesadilla pero que, por alguna misteriosa razón, siguió de largo y lo condenó a vivir deseando su regreso.

—Tom —dice de pronto Leslie al otro lado del teléfono—, ¿ya viste qué día eligió Pablo para morir?

Tom no es capaz de recordar en qué mes está viviendo. Voltea, intentando encontrarse con algún periódico tirado en el suelo, o algún póster pegado por ahí que lo ayude a ubicarse nuevamente en el mundo. Pero no hay nada: todo está blanco. El invierno ha borrado hasta las sombras, que siempre son lo último en desaparecer. Leslie se responde ella misma:

—*Darling*, Pablo murió el 5 de enero. El mismo día de la muerte de Tina Modotti.

Entonces Tom tiene que afirmarse en un muro que, al contacto con su mano, comienza a licuarse como una acuarela mal secada. A su alrededor, la Octava Avenida también se hace agua, al igual que su cuerpo por dentro. A lo mejor esto es morir, piensa. A lo mejor esto mismo sintió Pablo segundos antes de dejar de respirar: que el mundo entero es una ola que revienta, un remolino de espuma que se traga cuerpos, edificios, continentes. No había sido un accidente. La muerte de Pablo no había sido un accidente. Antes de dejar de escuchar a Leslie, que sigue hablando desde su celular que también yace en el pavimento, en medio de un enorme charco de dolor, toma la decisión. Como puede despega sus pies de la nieve y regresa hacia el edificio. Sube los tres pisos hasta su departamento. Abre la puerta, esquiva el asalto frenético de su perra que sale a recibirlo, y enciende la pantalla de su computador donde aún está fresca la noticia del cuerpo encontrado sin vida al fondo del acantilado. Desde la cama, el hombre vuelve a preguntar si necesita ayuda, que cómo se le ocurre salir a la calle nevada en pijama. Pero Tom no oye. Sólo mira su laptop y vigila, por el rabillo del ojo, la ventana de su sala desde donde se ve el colapso de Manhattan que llora la partida del hombre que más ha amado en su vida. Abre una nueva ventana del navegador y teclea expedia.com. Cuando el programa le pregunta a dónde piensa viajar, su respuesta es breve: *From New York to Mexico City*. Ocho años más tarde, ya era hora de regresar.

Apenas Eva se entera de la noticia, deja a medio preparar su café de la mañana. Ni siquiera se dio el trabajo de devolver el envase de leche de soya al refrigerador, o de guardar el tazón de porcelana que ya tenía líquido en su interior. Le agradece a su manager y cuelga el teléfono. Se lleva las manos al vientre, confundida, sintiendo que de pronto la cocina ha crecido en tamaño o que tal vez ella se ha encogido. Sea lo que sea, los muebles la superan en altura, y las baldosas del suelo se han convertido en enormes extensiones de blancura inmaculada que ya no es capaz de franquear. Ahí la encuentra Willy. Con sólo uno de sus poderosos brazos la levanta del suelo y se la lleva a la sala de estar. La arropa con una de las mantas compradas en Vermont, tan pequeña, tan indefensa, que tiene que hacer esfuerzos por no resbalarse y desaparecer en algún pliegue de la tela. Le pide a Willy que por favor inserte *La mujer infinita* en el lector de DVD`s. Será su manera de rendirle un pequeño homenaje a Pablo Cárdenas. Willy duda unos momentos, pero la mirada de Eva es más elocuente que su titubeo. Él nunca le ha dicho que no, y ésta no será la primera vez. Willy atraviesa la estancia, va hacia la estantería que abarca de techo a suelo una de las paredes del lugar. Pasea su dedo por los lomos de los cientos de películas que coleccionan. Ahí está. Frank Crow, el manager de su mujer, la había mandado al día siguiente de su estreno en DVD luego de su exitoso paso por los cines. La portada era el famoso retrato de Tina Modotti, por Edward Weston, alterado por modernísimos colores y brochazos de pintura. A Eva le había gustado mucho cuando lo vio reproducido en el póster. Por un instante tuvo la sensación de que estaba una vez más en el Museo de Arte de San Francisco, cara a cara con aquella Tina que tanto la impresionó.

Willy le entrega el control remoto y le da un beso en la frente, como siempre hace cuando ya no tiene nada que decir. Eva asiente, despacio, y se estira a lo largo del sillón. Es hora de que su marido la deje sola. Apenas él cierra la puerta —y mientras la luz de las nueve de la mañana es un bostezo amarillo que empieza a bañar poco a poco el *family room*—, Eva se arropa bajo la manta y se lleva las manos al vientre. El mismo vientre que jamás conocerá la vida y cuyo vacío sideral le recuerda que más vale seguir junto a su marido que quedarse irremediablemente sola.

Entonces oprime el botón de play. La última vez que fue capaz de ver la película.

El taxi enfiló directo por Periférico. Tom pegó el rostro al cristal de la ventanilla y dejó que la enorme avenida desfilara frente a sus ojos. Cuando la película de la ciudad se deformó a causa de la lluvia que comenzó a caer, agradeció estar bajo techo. La lluvia siempre llega a complicar las cosas, pensó. Un par de cuadras antes de llegar a San Jerónimo, levantó la vista: ahí estaba el altísimo edificio, el piso nueve, la sucesión de ventanas que daban a la avenida. Las mismas ventanas que durante tanto tiempo iluminaron su vida junto a Pablo. ¿Quién viviría ahí ahora? Ocho años después, el jardín exterior se veía igual: la pequeña glorieta por donde los carros daban la vuelta antes de ingresar al estacionamiento subterráneo; los arbustos que hacían de división entre la acera y lo que ya era terreno privado del inmueble; la fuente que disparaba noche y día un chorrito cristalino que recibía como un anfitrión de piedra y musgo a los que circulaban por ahí. Era cosa de mirar con atención para verlos empujar las puertas de batiente y salir riéndose: Pablo con esa camiseta amarilla que tan bien le quedaba, él mismo con una camisa negra y una gorrita vuelta hacia atrás, como la usaba cuando salía a sacar fotos. ¿Adónde pensarían ir? Tuvo el irrefrenable impulso de pedirle al taxista que sólo se dedicara a seguir a esa pareja de enamorados que se alejaba calle abajo, sumidos en su propio mundo que se adivinaba mucho más interesante que su realidad de neoyorquino de breve paso en la ciudad. No supo si fue la lluvia o sus propias lágrimas, pero todo se nubló impidiéndole seguir espiando esa lejana historia de la que ya no formaba parte.

—¿Y ahora dónde vamos, güero? —oyó que alguien, lejos, al otro lado del mar, le preguntaba.

—Al Panteón Civil de Dolores, por favor.

Había sido una buena idea enterrar a Julio ahí. El Panteón Civil era un hermoso cementerio, que tenía ya más de cuarenta años de historia. Ella hubiera podido ir a verlo a diario. Ella se hubiera encargado de que siempre recibiera al visitante la alegría multicolor de un puñado de flores frescas. Quería una tumba viva para su Julio, el adorado Julio, el indispensable Julio. Un espacio donde floreciera la hierba, donde se persiguieran las mariposas, donde oliera siempre a pan recién hecho. Una tumba donde no llegara nunca el asesino, ni el chacal, ni el que vende su alma a la tiranía. Todo eso soñaba Tina para su Julio.

Su departamento de la calle Abraham González languidece con las paredes desnudas: ahora sólo se aprecian las sombras más claras donde antes hubo cuadros y fotografías. A través de la puerta abierta de su estudio alcanza a ver pasar a Luz cargando una caja de cartón, llena de adornos y zapatos.

—¿Qué hago con esto, Tina? —pregunta quedito, incapaz de alzar la voz en un momento como ése.

Tina se alza de hombros. No lo sabe. Siempre habrá alguien que necesite zapatos. Las calles están llenas de personas que ella no fue capaz de ayudar, a pesar de haberse entregado por completo a la causa. Y ahora sólo tiene dos días, cuarenta y ocho horas, para cerrar el departamento y echar su vida entera dentro de una maleta. Muy pronto pasarán por ella. A partir de ese momento, y en calidad de detenida, tendrá que embarcarse rumbo a Europa en el vapor holandés Edam. México no la quiere más. El país que más amó en su vida, incluso más que a las enormes extensiones de su Udine natal, le pide sin piedad que abandone su territorio. Por conspirar. Por haberse entregado a actividades ilegales, como organizar un intento de asesinato contra el presidente Pascual Ortiz Rubio. Pero mienten. Todos mienten. Tina sabe que serán capaces de inventar cualquier excusa con tal de deshacerse de ella. Como si tuviera fuerzas de empuñar un arma luego de haber visto caer a Julio a su lado. Pero ya no posee la energía para pelear. Dos días. Sólo dos días para empacar su vida entera. Ve perderse a Luz en el quiebre del pasillo, el mismo por el que tantas veces Julio arremetió rumbo al ropero del dormitorio en busca de un escondite. ¿Quién llegará a vivir al calor de estos muros? ¿De qué nuevo color pintarán las paredes? ¿Irán a cuidar con esmero de madre protectora sus geranios de la azotea?

Tina logra cerrar la maleta y se sienta sobre ella. Ya está. No hay nada más que hacer. Cree incluso escuchar el carro policial que frena cinco pisos más abajo. Seguramente uno de los neumáticos ha quedado justo sobre el empedrado que sigue empapado con la sangre de Julio. Entonces ella sólo necesita cerrar los ojos para echarse a volar ventana afuera. Y es aire, es ráfaga, es torbellino que sobrevuela Abraham González. Allá abajo, *Dio*, qué lejos, ve los dos agentes del Ministerio Público que ingresan al edificio Zamora y empiezan a subir hacia su departamento, donde quedó ella, la cáscara de su cuerpo, y su triste equipaje. Pero el mundo es mucho más que una calle desierta: es un horizonte entero donde ella puede planear, subir hasta atravesar las nubes, y volver a bajar para rozar su vientre cosquilloso contra las copas de los árboles. Desde lo alto el Bosque de Chapultepec es una monumental mancha verde, un terciopelo vegetal que se le ofrece entero. Dirige sus alas de artista hacia el Panteón Civil, lleno de callecitas, recovecos, una enorme y circular plaza central. No le es difícil ubicar la tumba de Julio. Un puntito en medio de otros puntos de mármol. Entonces baja, se deja caer como una gota de lluvia, alegre, cristalina, confiada porque el fuego no muere, atraviesa la lápida, el mármol, se convierte en topo que rasca y rasguña la tierra aún húmeda, terrones que pulveriza con sus manos pálidas y sigue cavando, dichosa porque ya lo siente, porque ya lo ve venir a su encuentro, Tina, Tinísima, *Ti voglio tanto tanto bene, bambino*, y la sonrisa de niño por fin se le viene encima, los brazos le rodean la cintura, ahí está, su olor, su aliento, su piel que seguirá la eternidad entera regalándole sus secretos de novio enamorado, y ella se convierte en aplauso, en carcajada, en triunfo porque Julio Antonio Mella tampoco ha muerto.

—¿Señora Modotti?

Tina ni siquiera se da el trabajo de abrir los ojos. Siente la mano que la toma por el codo y que la obliga a ponerse de pie. ¿Cuántas manos han hecho lo mismo este último tiempo?

—Ya tiene que venir con nosotros.

El Panteón Civil de Dolores se ubica en la Avenida Constituyentes, entre la sección dos y tres del Bosque de Chapultepec. Está considerado el cementerio más grande de América Latina, con sus más de 640 mil tumbas y un millón de metros cuadrados de terreno. Abrió sus puertas en 1875 y, luego de 135 años de estar presente en el último adiós de miles de ciudadanos, sigue siendo uno de los centros de vida urbana más importantes de la capital. Pero a Tom nada de eso le importa. Lo de él es otra cosa. Lo de él siempre ha sido seguir el rastro de Pablo, aunque el tiempo haya borrado el camino y tenga que rascar con las uñas el suelo para ver si encuentra una antigua huella de sus pasos. Aunque tenga que recorrer palmo a palmo ese enorme parque, en el centro de la Ciudad de México. Cuando se enfrenta al portal de rejas verdes, que le da la bienvenida en silencioso respeto, sabe que está iniciando la última búsqueda. La definitiva. Le agradece al taxista y cierra la puerta. Aprieta el bolso negro que contiene su Nikon, la misma de hace tantos años, la misma con la que fotografió a Pablo por primera vez allá en la librería El Péndulo, y cruza el umbral con los hombros abatidos. La vegetación al interior del cementerio es densa, los árboles se trenzan en un techo que reduce aún más la temperatura a ras de suelo. Tal vez por eso las lápidas siempre están frías, reflexiona; tal vez por eso es imposible sentir calor junto a la tumba de un ser querido: la culpa es de los árboles que velan a los muertos. La lluvia ha dejado de caer, pero su inminente presencia se repite en charcos que llenan de diseños los caminos que se pierden en diferentes direcciones. Tom se acerca a la caseta de información donde le dan las indicaciones necesarias. Entonces se echa a andar. El lugar está prácticamente desierto, cosa curiosa porque la devoción por la muerte tiene miles de adherentes. Sin embargo, esta vez todo parece conspirar para que los pasos de Tom se deslicen veloces hacia su destino. Tiene el deseo de detenerse unos momentos, sentarse en uno de los escaños de hierro pintados de verde que salpican cada tanto la ruta y mitigar el ritmo desbocado de su respiración. Pero no. Eso sería cobardía, no viajó 3 mil 357 kilómetros para quedarse en un banco metálico mirando un paisaje que ya le era completamente ajeno.

Recuerda la explicación que le dieron: primero a la izquierda, y luego dos vueltas a la derecha. Iba a reconocer la tumba porque aún tenía flores frescas. ¿Y vino mucha gente al entierro? No, joven, no mucha. Casi nadie. Fue un funeral bastante triste.

Retoma la marcha. No necesita buscar más de la cuenta. Sólo un par de pasos lo separan de una inscripción tallada en mármol que anuncia: Pablo Cárdenas Trujillo, 1965–2010. Tom mira la lápida con infinita ternura. Aquí estoy, *baby*. No tienes nada que temer. Una ráfaga de viento sacude las ropas, el ruedo del abrigo de Tom, las flores que también parecen decir adiós con el baile de sus tallos y corolas. Como puede, acomoda la Nikon y mira a través del visor. Lo imagina durmiendo un sueño profundo, dos metros bajo tierra, a punto de convertirse en luz y sombra. A instantes de formar parte de ese misterioso proceso que fija la vida a un negativo y la condena a la eternidad. Quiero que me dures para siempre, Pablo. No puede evitar que el verso de Neruda, ése que escribió a modo de epitafio para Tina Modotti, también yacente en alguna esquina de ese enorme cementerio, le llegue como una profecía a la cabeza: "Ya pasarán un día por tu pequeña tumba, antes de que las rosas de ayer se desbaraten". Tom sólo deja de temblar cuando dispara el obturador. Ya está: su arte ha vencido el olvido. Ahora puede comenzar a arder el silencio del abandono.

Ésa fue la última foto que tomó en su vida.

125. EXT. PUERTO. DÍA.

TINA va subiendo la pasarela rumbo al vapor holandés Edam. Va enfundada en un grueso abrigo negro. Carga una única maleta y lleva su cámara fotográfica. Antes de subir a cubierta, se detiene. Voltea hacia el puerto. El dolor de partir se refleja en su rostro. Una lágrima cae por su mejilla. TINA aprieta su máquina fotográfica contra ella, como una madre cobijando a un hijo.

SOBRE IMPRIME: *Tina Modotti fue acusada, junto a varios miembros del Partido Comunista, de intentar asesinar al presidente Ortiz Rubio. Es deportada y se muda a Berlín, donde intenta iniciar su vida de nuevo...*

TINA suspira hondo, tratando de rescatar algo de fuerza y energía dentro de ella. De un manotazo se seca la lágrima que le moja la mejilla y, con toda la calma, elegancia y determinación del mundo, termina de subir lo que le queda hasta perderse en la cubierta del buque.

FADE OUT A NEGRO.

SOBRE IMPRIME: *Tina se convierte en un espía internacional al servicio del gobierno de Rusia por seis años.*

En 1936, lucha sin descanso durante la guerra civil española, abandonando sus actividades políticas para dedicarse por entero a ser enfermera en el Hospital Obrero.

Tina Modotti muere en circunstancias poco claras el 5 de enero de 1942 en la parte trasera de un taxi, en la Ciudad de México. Tenía 45 años de edad.

FIN.

ÚLTIMO ENCUADRE

QUINCE

ALAS NEGRAS

Congratulations, decía la tarjeta que acompañaba el envío de UPS overnight fechado el 5 de enero de 2010. Al abrirlo, se topó con la carátula de un DVD que tenía como imagen el retrato de Tina hecho por Edward Weston. Habían alterado los colores transformándolo en algo muchísimo más moderno. Ahí estaba su película: recién estrenada para exhibición doméstica después de una exitosísima temporada en cines.

Pablo encendió una lámpara de sobremesa cuando ya no le fue posible desplazarse por el chalet confiando sólo en la luz que entraba por las ventanas. Rescató su laptop, convertida en una reliquia de comienzos de siglo, y la acomodó sobre la mesa del comedor. Abrió el *case* del DVD y extrajo el reluciente disco del interior. Lo deslizó dentro de la computadora y cruzó los dedos para que el arcaico sistema operativo leyera el material. Para su sorpresa, de pronto el monitor se llenó con el rostro de Eva convertida en Tina, reproduciendo una de las famosas fotografías de la italiana. *Play Movie, Extra features, Making of.* Con la ayuda del mouse, oprimió Play Movie.

México, 1929.

Una calle está desierta. El sonido de pisadas y algunas risitas amorosas anticipan la aparición de Eva O'Ryan y Vinicius Duarte, que caminan rápido, trenzados en un abrazo bastante excitado. Está oscuro. La pareja se detiene, se besan. Se comen las bocas. Un automóvil pasa y da vueltas en una esquina. Julio se detiene, alerta, protege en forma instintiva a Tina con su cuerpo. Luego mira en todas las direcciones. Tina lo empuja hacia un costado, sobrepasada: ¡No puedo vivir así, Julio! Es horroroso. Todo puede ser hermoso, Tina. ¡Todo! ¿Quién te dijo esa mentira? Tú. Pablo no alcanza a acomodarse en la silla cuando la acción lo lanza a la siguiente escena. Es testigo de aquella fiesta de la azotea, dominada por el descomunal rostro de *la latina ardiente* que sonríe y gesticula desde la proyección de la película. ¡Cuidado, que pronto aparecerá el provocador que se enfrentará a Julio!, tiene ganas de anunciar, pero sabe que es inútil. La historia ya está escrita. Y si presta atención es capaz de oler la lluvia apozada en la calle y la sangre que se derrama sobre los adoquines luego de los dos disparos. Julio... ¡*Bambino*! ¡Una ambulancia, por caridad! Y ahí está de nuevo la mano en su hombro, ligera como un suspiro de cinco dedos, y no se atreve ni a moverse para ahuyentarla. Me llamo Rose Smith Saltarini y soy profesora de inglés, dice la actriz en pantalla aunque todos sabemos que es Tina Modotti. La mano de su musa sube ahora hacia la nuca, aprobando cada una de las imágenes a todo color que pueblan la noche de recuerdos. La música de violines arrecia cuando Diego Rivera da su discurso en la sede del Partido Comunista, con el ataúd de Julio aún doliente al centro del salón. ¡Aseguro que hoy cada uno de nosotros ha ganado un enemigo más!, exclama su boca llena de rabia y dolor.

Pablo sabe que a continuación Tina subirá hasta el quinto piso del edificio Zamora para descubrir que han allanado su hogar, a partir de ese momento es prisionera de su propia inocencia. ¿Y de verdad cree que convertirse en la amante de un estudiante revolucionario la ayuda a conservar su buena reputación, señora Modotti? Claustrofobia: la narración se hace ahora en primeros planos, en luces y sombras que acentúan la tragedia interna de los personajes. La mano en su espalda se crispa, seguramente recordando viejos dolores. Pablo se viste de tristeza ajena, hace suyo el sufrimiento que encierran bajo llave en una habitación que tiene una sola ventana. Reconoce en boca de los actores cada una de las palabras que ella le dijo, y que él reprodujo con tanto esmero. Ahí están sus noches de desvelo, sus días de prisionero. Alcanza a pensar en Tom. ¿Habrá visto la película? ¿Pensará en él todavía? Pero la acción no le da tregua: Diego Rivera se lanza sobre Quintana, le parte el labio de un violento derechazo que lo tumba bajo el escritorio y que se convierte en el punto final de la investigación. ¿Qué tiene que hacer un hombre para ser su dueño, Tina? Antes que nada, nunca hacerme esa pregunta, *caro*. Qué bien quedó esa respuesta. Una palpitación que no es más que secreto orgullo le baila en el pecho. Ya es la hora del clímax: el momento exacto en donde el cine entero debe haberse sumido en un vibrante silencio en espera de la conclusión. Lo siento, Quintana, pero los errores que yo cometo siempre valen la pena. Aplausos, gritos de alegría, de satisfacción por el orden reestablecido. Los poros de su piel se alzan como premio al trabajo bien hecho, a una historia bien contada. Su musa debe estar orgullosa de él. Por eso ha regresado esa noche de luna. *Ti voglio tanto tanto bene* cree oír en su oído, el mismo oído donde antes le contaron la historia que termina de ver en el monitor de su computador: Tina suspira hondo, tratando de rescatar algo de fuerza y energía dentro de ella. De un manotazo se seca la lágrima que le moja la mejilla y, con toda la calma, elegancia y determinación del mundo, termina de subir lo que le queda hasta perderse en la cubierta del vapor Edam.

Y ahí está. El fin. La música que se impone por encima de la imagen, la cámara que se aleja hasta dejarnos ver sólo el cielo oscuro que también llora la partida de la fotógrafa. El negro: la pantalla se pinta de noche, como cada una de las ventanas del chalet. Tendría que aplaudir la vida entera para celebrar el milagro que acaba de presenciar. Pero le bastará con girar la cabeza para encontrarse con ella, de seguro tan emocionada como él. Pero en su casa no hay nadie, sólo una huella imprecisa de cinco dedos sobre su hombro derecho. ¿O acaso lo inventó? Se pone de pie. El DVD ha regresado al menú principal: el rostro de Eva O'Ryan interpretando a Tina ocupa todo el espacio del monitor. Pero su atención ya no está en la computadora. ¿Tina? ¿Por qué la puerta está entreabierta? Pablo sale hacia el exterior. Un negro tan negro como el final de la película lo recibe en el más absoluto silencio. *Ti voglio tanto tanto bene*. Ahí está. Lo llama. Después de ocho años de espera, esto es lo más cercano que ha estado de la felicidad. Está viviendo su propio clímax. Y luego del clímax sólo queda el desenlace. No hay posibilidad de seguir adelante. Tina lo sabe, ella escribió el guión junto con él. Un aleteo blanco: la blusa de doble corrida de botones y amplio cuello se sacude al viento. Bajo ella, la falda de ruedo estrecho le sigue los pasos, se mueve al compás de las corrientes de aires que suben desde el abismo y alcanzan la planicie donde está construido el chalet. Su cabello, suelto y movedizo, abierto como dos alas negras que lo único que saben es batir para mantenerse a flote. ¡Tina! Ella le extiende una mano: ha venido por él. Por fin. Maestra y alumno juntos una vez más. Los pies de Pablo se encaminan hacia ella, risueños, aliviados. Por un momento creyó que nunca más volvería a verla. Lleva ocho años invocándola. Jamás pensó que su adiós sería definitivo. Cuando Tina desapareció en su departamento —hace ya tanto tiempo— quiso pensar que la suya era una partida momentánea. Tuvo envidia de suponer que tal vez se había mudado a la vida de algún otro escritor mediocre: un tonto, como él, amenazado por un pasado de textos sin importancia y que gracias a su soplo de magia alcanzaría la gloria pasajera. Soñó tantas veces con volver a sentir el roce de su mano liviana en su nuca, en el gancho de sus hombros. La imaginaba despegarse de cada una de las esquinas de ese departamento que se convertía irremediablemente en un enorme y avinagrado basurero, venir hacia él con los brazos abiertos, la sonrisa intacta en su cuerpo casi evaporado. Pero sólo eran sueños de moribundo. ¿Me oyes? ¿Puedes oírme? Aquí estoy. La suela de los zapatos sigue avanzando, deja huellas estampadas sobre la gravilla. Hasta que la tierra se acaba y el siguiente paso se descuelga hacia el abismo. Estira los brazos y se toma de su cuello. Ella lo aprieta contra su pecho: es una devota madre protectora. Reconoce el olor a jabón de Castilla, a humo de cigarrillo, a ácido acético. Sonríe durante la caída que también pone a flamear su ropa. Al fondo, hacia lo más hondo. Hacia la noche final. Piensa en lo que ocurrirá con Tom, con Eva, con Leslie, cuando alguien les lleve la noticia. Cómo decirles que no se preocupen, que sólo está ocurriendo lo que tenía que ocurrir. Qué lejos se ve el chalet en medio del fragor que lo envuelve. Qué lejos queda la cima de la montaña, el monitor de su computadora, la película. Qué profundo se puede caer cuando se ha trepado hasta lo más alto. No tiene miedo, ya habrá otros escritores que se encargarán de revivirlo con sólo contar su historia. A golpe de letras recompondrán su cuerpo, le insuflarán nueva vida al convertirlo en palabra eterna, tal como él hizo con Julio. Tina, ¿estás ahí? ¿Vienes conmigo? *Parla, cagna!* ¡Habla, Modotti! Su rostro se deforma por el viento del precipicio que lo engulle vientre adentro. La inminente cercanía de la tierra le regala un último relámpago de luces y sombras, un estallido blanco que junto con el dolor y la muerte le trae la felicidad atada a un recuerdo que, a estas alturas, ya no sabe si es suyo o de ella: el descubrimiento de la magia de la luz estará por siempre atado a la imagen de luciérnagas revoloteando en un matorral nocturno, aún caliente después de tantas horas de verano. Una evocación oscura pero salpicada de parpadeos amarillos. Decenas de pequeños fulgores que se convierten finalmente en persistencia, en trazos que no se apagan, que orbitan en torno al ramaje dibujado apenas a esa hora de la noche. Su Udine natal: los amplios terrenos con los Alpes como telón de fondo, la risa de su niñez, la mano tibia de su madre ofreciéndole el primer pan del día, las carreras con sus primos. Udine. Tal vez ahí estaba la clave: cuando volviera a amanecer en su vida y ella se le escapara una vez más llevándose lejos sus historias, él iría a buscarla a las cimas, a los vértices más altos que es donde las mujeres infinitas hacen su morada.

AGRADECIMIENTOS

A Julián Quintanilla, colega y amigo insuperable, escritor imprescindible y maestro de la estructura.

A Ana María Güiraldes, que me enseñó a mirar primero hacia adentro para poder contar después lo que sucede afuera.

A mis padres, Cecilia y José Miguel, por regalarme desde niño un mundo donde la verdad y lo importante se inventan con sólo decir "érase una vez".

A Laura Lara y Jorge Solís Arenazas, por sus ojos expertos y sus comentarios certeros. Gracias por haber creído en mí y convertir en libros lo que antes sólo eran letras en el aire.

A Antonia Kerrigan y Víctor Hurtado, espléndidos agentes y consejeros, por el apoyo constante y el compromiso imbatible.

A Pascale Rey y Maggie Soboil, por confiar en mi Tina y abrirme las puertas de sus casas.

Y especialmente a Anthony Ortega, el mejor personaje y acontecimiento en la película de mi vida.

AGRADECIMIENTOS

[illegible]
[illegible]
[illegible]
[illegible]
[illegible]

[illegible]
[illegible]
[illegible]

[illegible]
[illegible]
[illegible]
[illegible]

[illegible]
[illegible]
[illegible]

[illegible]
[illegible]

[illegible]
[illegible]

ÍNDICE

PRIMER ENCUADRE

SEGUNDO ENCUADRE

TERCER ENCUADRE

ÚLTIMO ENCUADRE

Suma de Letras es un sello editorial del Grupo Santillana

www.sumadeletras.com.mx

Argentina
Avda. Leandro N. Alem, 720
C 1001 AAP Buenos Aires
Tel. (54 114) 119 50 00
Fax (54 114) 912 74 40

Bolivia
Avda. Arce, 2333
La Paz
Tel. (591 2) 44 11 22
Fax (591 2) 44 22 08

Chile
Dr. Aníbal Ariztía, 1444
Providencia
Santiago de Chile
Tel. (56 2) 384 30 00
Fax (56 2) 384 30 60

Colombia
Calle 80, 9-69
Bogotá
Tel. (57 1) 635 12 00
Fax (57 1) 236 93 82

Costa Rica
La Uruca
Del Edificio de Aviación Civil 200 m al Oeste
San José de Costa Rica
Tel. (506) 22 20 42 42 y 25 20 05 05
Fax (506) 22 20 13 20

Ecuador
Avda. Eloy Alfaro, 33-3470 y Avda. 6 de Diciembre
Quito
Tel. (593 2) 244 66 56 y 244 21 54
Fax (593 2) 244 87 91

El Salvador
Siemens, 51
Zona Industrial Santa Elena
Antiguo Cuscatlan - La Libertad
Tel. (503) 2 505 89 y 2 289 89 20
Fax (503) 2 278 60 66

España
Torrelaguna, 60
28043 Madrid
Tel. (34 91) 744 90 60
Fax (34 91) 744 92 24

Estados Unidos
2023 N.W 84th Avenue
Doral, FL 33122
Tel. (1 305) 591 95 22 y 591 22 32
Fax (1 305) 591 74 73

Guatemala
7ª Avda. 11-11
Zona 9
Guatemala C.A.
Tel. (502) 24 29 43 00
Fax (502) 24 29 43 43

Honduras
Colonia Tepeyac Contigua a Banco Cuscatlan
Boulevard Juan Pablo, frente al Templo
Adventista 7° Día, Casa 1626
Tegucigalpa
Tel. (504) 239 98 84

México
Avda. Universidad, 767
Colonia del Valle
03100 México D.F.
Tel. (52 5) 554 20 75 30
Fax (52 5) 556 01 10 67

Panamá
Vía Transísmica, Urb. Industrial Orillac,
Calle Segunda, local 9
Ciudad de Panamá
Tel. (507) 261 29 95

Paraguay
Avda. Venezuela, 276,
entre Mariscal López y España
Asunción
Tel./fax (595 21) 213 294 y 214 983

Perú
Avda. Primavera, 2160
Surco
Lima 33
Tel. (51 1) 313 40 00
Fax. (51 1) 313 40 01

Puerto Rico
Avda. Roosevelt, 1506
Guaynabo 00968
Puerto Rico
Tel. (1 787) 781 98 00
Fax (1 787) 782 61 49

República Dominicana
Juan Sánchez Ramírez, 9
Gazcue
Santo Domingo R.D.
Tel. (1809) 682 13 82 y 221 08 70
Fax (1809) 689 10 22

Uruguay
Juan Manuel Blanes, 1132
11200 Montevideo
Tel. (598 2) 402 73 42 y 402 72 71
Fax (598 2) 401 51 86

Venezuela
Avda. Rómulo Gallegos
Edificio Zulia, 1° - Sector Monte Cristo
Boleita Norte
Caracas
Tel. (58 212) 235 30 33
Fax (58 212) 239 10 51

Este libro se terminó de imprimir en el mes de
marzo de 2010, en Edamsa Impresiones S.A. de C.V.
Av. Hidalgo No. 111, Col. Fracc. San Nicolás Tolentino C.P. 09850,
Del. Iztapalapa, México, D.F.